4
MINAMI KANAN
L'Amour à tout Prix
AKIKO

AKIKO

Original Japanese edition published in 2003 by Shogakukan Inc., Tokyo
French Translations rights arranged with Shogakukan Inc. through the Kashima Agency

ISBN 2-7545-0021-9
Dépôt légal mai 2006

Traduction : Simon RODRIGUES
Adaptation graphique : Élise Flamand

1

DANS CE CHAPITRE, NOUS ALLONS ENFIN APPRENDRE COMMENT KÔ TAKARAI COMPTE SE RAPPROCHER DE SERI ! ÇA A ÉTÉ UN VRAI CHALLENGE POUR MOI QUE DE DESSINER UNE SERI CONFRONTÉE AUX ACTES DE KÔ ! JAMAIS ENCORE JE N'AVAIS EU À DESSINER UNE TELLE SITUATION DANS MES AUTRES MANGA. PLUSIEURS DE MES CONSŒURS DU MAGAZINE FONT LA MÊME CHOSE MAIS MOI, JE ME SUIS DIT QUE ÇA DEVRAIT ALLER ET J'AI ATTENDU LA RÉACTION DES LECTEURS AVEC LE CŒUR TOUT SERRÉ ! CONTRAIREMENT À CE QUE J'AVAIS PENSÉ, ELLES ONT PLUTÔT ÉTÉ BONNES ET CELA M'A VRAIMENT RASSURÉE ! MAIS À CE NIVEAU DE L'HISTOIRE, VOUS ÊTES TRÈS NOMBREUX À AVOIR PEUR DE KÔ ET À LE DÉTESTER ! PEUT-ÊTRE QUE DANS LE PROCHAIN VOLUME, IL VA ENFIN PAYER POUR TOUT ÇA... MAIS, VOUS DEVREZ ATTENDRE POUR LE SAVOIR ! AU FAIT, CETTE FOIS-CI, SAWAGUCHI FAIT PLUSIEURS APPARITIONS ! (RIRES) TU ES CONTENT, GUCCHAN ? (RIRES JAUNES)

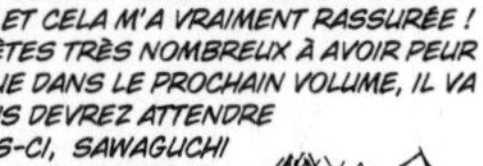

MAIS COMME TU AVAIS L'AIR DE SOUTENIR LE FAIT QUE JE N'EN ÉTAIS PAS CAPABLE …
JE ME SUIS DIT QU'ENCORE UNE FOIS, TU ME PROVOQUAIS …
COMME LORSQUE TU L'AS FAIT POUR MON INSCRIPTION EN SECTION SCIENTIFIQUE !
TU N'ARRÊTAIS PAS DE TE PLAINDRE PARCE QU'ON NE POURRAIT QUASIMENT PAS SE VOIR À CAUSE DE MES ENTRAÎNEMENTS DE KARATÉ MAIS …
MAINTENANT, ÇA VA ÊTRE ENCORE PIRE, NON ?!
C'EST VRAI MAIS …
DIS-MOI SERI, SAIS-TU AU MOINS EN QUOI CONSISTE LE TRAVAIL DE DÉLÉGUÉ ?!
EH BIEN …
TOP
TOP
À CHAQUE FOIS QU'UN ÉVÉNEMENT SERA ORGANISÉ, TU SERAS OBLIGÉE D'Y PARTICIPER …
EN PLUS, IL Y A PLEIN DE RÉUNIONS INUTILES, TU VAS DEVOIR APPRENDRE À DIRIGER …
MAIS LE PIRE C'EST QUE LES DÉLÉGUÉS DE NOTRE SECTION SONT ÉGALEMENT CHARGÉS DE LA DISCIPLINE DES ÉLÈVES !! TU COMPRENDS … ?!
TOP

ON NE POUVAIT SE RENCONTRER QU'AU LYCÉE ET TOI …
TU VIENS DE T'ENRÔLER DANS LE GROUPE DE CEUX QUI SONT CONTRE LES RELATIONS AMOUREUSES À L'ÉCOLE !!
AAAAAAH
JE SUIS VRAIMENT DÉSOLÉE !!
…
… MAIS J'AI DÉJÀ ACCEPTÉ DONC …
JE NE PEUX PLUS REFUSER …
… COMME TU VOUDRAS !

2

WELCOME

BONJOUR ! C'EST MOI, MINAMI KANAN !! VOICI DONC LE 4ᴱ VOLUME DE L'AMOUR À TOUT PRIX !!! HOURRA !!! EN PLUS, L'HISTOIRE CONTINUE TOUJOURS DONC J'ESPÈRE QUE VOUS CONTINUEREZ À ME SOUTENIR !!

POUR CE 4ᴱ VOLUME, C'EST ENCORE TAMAKI EN COUVERTURE ! IL FAIT LA TÊTE ET C'EST UN PEU NORMAL VU LA TOURNURE DE L'HISTOIRE ! SUR LE VERSO DE LA COUVERTURE DU PREMIER VOLUME, IL N'ÉTAIT DÉJÀ PAS TRÈS SOURIANT ! POUR CE QUI EST DES COULEURS, J'AI DEMANDÉ UNE AMBIANCE ASSEZ SOMBRE ! ALORS QUE VOUS AVEZ ÉTÉ TRÈS NOMBREUX À PENSER QUE LA COUVERTURE DE CE VOLUME SERAIT DANS LES TONS JAUNÂTRES... ! COMME KÔ TAKARAI EST TRÈS PRÉSENT DANS CE VOLUME ET QU'IL NE FAIT PAS QUE DES JOLIES CHOSES, JE ME SUIS DIT QUE TAMAKI DEVRAIT SE TENIR LES POINGS ET QUE SERI QUANT À ELLE DEVRAIT PLEURER ! ENTRE LA COUVERTURE DU VOLUME PRÉCÉDENT ET CELLE-CI, L'AMBIANCE N'EST PLUS LA MÊME ET JE ME SUIS DEMANDÉE SI ÇA N'ALLAIT PAS POSER DE PROBLÈMES POUR LES LIBRAIRES QUAND ILS METTRAIENT LE LIVRE EN VENTE ?! SINON, ÉTANT DONNÉ QUE LES OPINIONS SONT TRÈS PARTAGÉES, ENTRE CEUX QUI APPRÉCIENT ET CEUX QUI DÉTESTENT COMPLÈTEMENT, J'ESPÈRE QUE VOUS NE SEREZ PAS TROP NOMBREUX À NOUS QUITTER AVEC CE VOLUME 4...

ET VOILÀ, NOS DEUX JEUNES HÉROS SONT CONFRONTÉS À LEUR PLUS GRAVE CRISE ! QUE VA-T-IL LEUR ARRIVER ? À VOUS DE LE DÉCOUVRIR !! TRÈS BONNE LECTURE !!

JE TROUVE ÇA LOUCHE QU'IL T'AIT RECOMMANDÉE COMME IL L'A FAIT... IL DOIT MANIGANCER QUELQUE CHOSE ...
MAIS NON, TAMAKI... TU TE FAIS DES FILMS !!
BON, C'EST VRAI QUE KÔ EST PLUTÔT PAS MAL MAIS ...
MOI, JE N'AIME QUE TOI TAMAKI !!
CE N'EST PAS CE QUE JE VOULAIS DIRE...
JE TE DIS DE NE PAS T'INQUIÉTER !!
JE SAIS PARFAITEMENT QUE TU DEVIENS TOUT DE SUITE TRÈS JALOUX !
GRRR
C'EST BON, CALME-TOI !!

AAH ...
JE TE RAPPELLE QUE GRÂCE À TOI ...
ON NE PEUT MÊME PLUS RENTRER ENSEMBLE LE SOIR !
DÉ... DÉSOLÉE ...
AH ...
AAH ...
SLURP
SLURP
TU FERAIS BIEN DE ...
... TE REMETTRE EN QUESTION DE TEMPS EN TEMPS !!
HOP

ATTENDS …
NE DÉTACHE PAS LES DEUX CÔTÉS …
BABOM
BABOM
BON BEN, À DEMAIN !!
BON COURAGE POUR LA RÉUNION !
QUOI ?!
TAP
TAP TAP
C'EST PAS VRAI, AT-TENDS !!
JE DOIS ALLER À MON ENTRAÎNEMENT !!
OK MAIS MA CULOTTE … ?!
SERI…
TAMA…
HO
FFF

TU N'AS QU'À SORTIR COMME ÇA !!
...
CLAC
TAMAKI, ESPÈCE D'IMBÉCILE !!
PFF PFF
IL N'EST PAS LÀ ...
NON MAIS JE RÊVE ... ?!
ARGH !!
SALLE DE CONFÉRENCE 1
BIEN, POUR CE QUI EST DE CETTE NOUVELLE ANNÉE ...
JE PROFITE DE LA SÉPARATION COMPLÈTE DES SECTIONS GÉNÉRALE ET SCIENTIFIQUE POUR ...

BABOM
HEUREUSEMENT QUE J'AVAIS APPORTÉ MON SHORT AUJOURD'HUI...
BABOM
VOUS DEMANDER DE FAIRE LE PLUS D'EFFORTS POSSIBLE ...
POUR VEILLER À CE QU'IL N'Y AIT PAS DE BATIFOLAGE ENTRE LES FILLES ET LES GARÇONS !!
NOUS DÉCIDERONS ENSUITE DES ROTATIONS POUR ...
LES PATROUILLES DU MIDI ET DU SOIR ...
NOUS PRÉVOYONS DE DÉNONCER LES PERSONNES QUI NE RESPECTERAIENT PAS CES RÈGLES ...
BABOM
NON MAIS, C'EST QUOI CE RÈGLEMENT STUPIDE ?!

POURQUOI FAUDRAIT-IL RÉGLEMENTER AINSI LES RELATIONS ENTRE FILLES ET GARÇONS ?!
BLA
BLA
MLLE NAGAKURA, CONNAISSEZ-VOUS LA RAISON POUR LAQUELLE ...
LES SECTIONS SCIENTIFIQUE ET GÉNÉRALE ONT ÉTÉ SÉPARÉES ?
COMMENT POURRAIS-JE LE SAVOIR ?!
J'AI ÉTÉ TRÈS PRISE À CAUSE DE ÇA JUSTEMENT ...
C'EST À CAUSE DE L'INCIDENT INTERVENU EN OCTOBRE DERNIER !
EN OCTOBRE ... ?
HEIN ?

AAH...

NOUS AVONS COUPÉ LE MAL À SA RACINE ...
AFIN QU'UNE TELLE CHOSE NE SE PRODUISE JAMAIS DANS NOTRE SECTION !
KATAM
GRR
Y VOYEZ-VOUS UNE OBJECTION ... ?
KÔ, JE SUIS VRAIMENT DÉSOLÉE ...
MAIS JE CROIS QUE JE NE VAIS PAS POUVOIR ASSUMER CE POSTE ...
...
SERI ?
TU TE TROMPES !
AU CONTRAIRE, TU ES LA MIEUX PLACÉE !
... ?
J'AI ENTENDU DIRE QUE TU AVAIS PASSÉ LE CONCOURS D'ENTRÉE ...
... POUR POUVOIR ÊTRE AVEC TAMAKI, C'EST BIEN ÇA ?!

OUI...
TU NE COMPRENDS PAS ? SI TU PASSES DANS LEUR CAMP ...
INVERSE-MENT ...
MLLE NAGAKURA ...
UNE OBJECTION ?
RÉPONDEZ, S'IL VOUS PLAIT !
TU POURRAS ENFREINDRE LE RÈGLEMENT SANS TE FAIRE PRENDRE !
... MAIS OUI !
MERCI KÔ !!
JE VAIS FAIRE DE MON MIEUX !!
MLLE NAGAKURA ?
OUI, JE SUIS LÀ !
AUCUNE OBJECTION !!

BIEN, SERI...
TU T'OCCUPES DE SURVEILLER À PARTIR DU QUATRIÈME ÉTAGE !
D'ACCORD !!
DEMI-TOUR
JE VAIS EN PROFITER POUR VISITER MA NOUVELLE ÉCOLE !!

TIENS ?
CES DEUX PORTES SONT DIFFÉRENTES DE TOUTES LES AUTRES ...
BUREAU DU PROVISEUR ADJOINT
CE SONT LES BUREAUX DU PROVISEUR ET DU DIRECTEUR ADJOINT ...
EFFECTIVE-MENT...

CLAC
CLAC
JE SUIS BÊTE, IL N'Y A AUCUNE RAISON POUR QU'ELLE SOIT OUVERTE !
ZUT !
ÇA VEUT DIRE QUE CELLE-CI AUSSI ...
CLAC
BUREAU DU PROVISEUR ADJOINT
!
WOUAH !!

AH... !
TOURNE
WOUAH !
C'EST SUPER MOELLEUX !! COMME C'EST AGRÉABLE !!
J'ADORE CE FAUTEUIL !!
TOURNE
ELLE A TROP TOURNÉ !
CLAC
!!
...
SSSHH
...
...

JE T'EN SUPPLIE, PRENDS-MOI DANS TES BRAS, MÊME VIOLEMENT S'IL LE FAUT !!
BABOM
ZUT ! POURQUOI JE ME SUIS CACHÉE ?!
JE NE PEUX PLUS SORTIR !
BOM
TU NE ME FAIS PLUS BANDER, CASSE-TOI !!
JE VAIS FAIRE DE MON MIEUX !!
ÇA BARDE ... !
BOM
QUI ÇA PEUT BIEN ÊTRE ... ?
AVEC LES AUTRES, JE NE RESSENS RIEN !!
BOM
CRRSH
HEIN ?
AH !!
HEIN ?

HA HA HA HA HA HA
NON MAIS C'EST PAS VRAI ! QUEL PLAISANTIN, CE TAMAKI !!
JE NE M'EN ÉTAIS MÊME PAS RENDU COMPTE !
IL ME L'AVAIT BIEN RENDUE !
HAAAA !
AH... EUH...
JE ME SUIS CACHÉE MALGRÉ MOI ...
HUM HUM
DÉSOLÉE, JE NE VOULAIS SURTOUT PAS VOUS ESPIONNER... !
KÔ ET ...
... UNE AUTRE DÉLÉGUÉE DE CLASSE!
JE VOUS LAISSE, PRENEZ VOTRE TEMPS !
TOP

SI TU TIENS TELLEMENT À CE QUE JE TE PRENNE DANS LES BRAS ...
JE VAIS LE FAIRE !
C'EST VRAI ... ?
CEPENDANT ...
SI TU AS ENVIE DE TE FAIRE PRENDRE ...
PAR UN AUTRE MEC QUE MOI ...
ALORS REVIENS UNE AUTRE FOIS !!

BUREAU DU PROVISEUR ADJOINT
...!
TAP TAP TAP
MAIS... KÔ...
TU TE RENDS COMPTE DE CE QUE TU VIENS DE LUI DIRE ?!
BADAM
HI HI
JE NE CROIS PAS QUE TU SOIS EN POSITION DE T'INQUIÉTER POUR LES AUTRES !
CLIC
HEIN ... ?
TSSS
EH BEN, EN PLUS D'AVOIR TOUT FAIT POUR POUVOIR RESTER AVEC TON COPAIN ...
JE VOIS QUE TU ES AUSSI UNE ADEPTE DES JEUX UN PEU COQUINS ...
HI HI
!!!
KYAAH

VLAN
MAIS NON... C'EST FAUX !!
ARGH
... ?!
NON... MAIS...
TRR TRR
QU'EST-CE QUE TU FAIS ... ?!
EN PLUS AVEC MA CULOTTE !
GRRRRHH
BADAM

BABOM
C'EST... C'EST UNE BLAGUE, N'EST-CE PAS ?
BABOM
UNE BLAGUE ... ?
POURQUOI CROIS-TU QUE JE T'AI RECOMMANDÉE POUR ÊTRE DÉLÉGUÉE ... ?!
HI HI
BABOM
TOP
NON...
NON !
AAAH !! À L'AIIIIDE !!
... ÇA NE SERT À RIEN, CETTE PIÈCE EST INSONORI-SÉE !
TOP
...
AAAH !! ARRÊTE !!
PLOF
ESPÈCE D'OBSÉDÉ !!!
PLOF

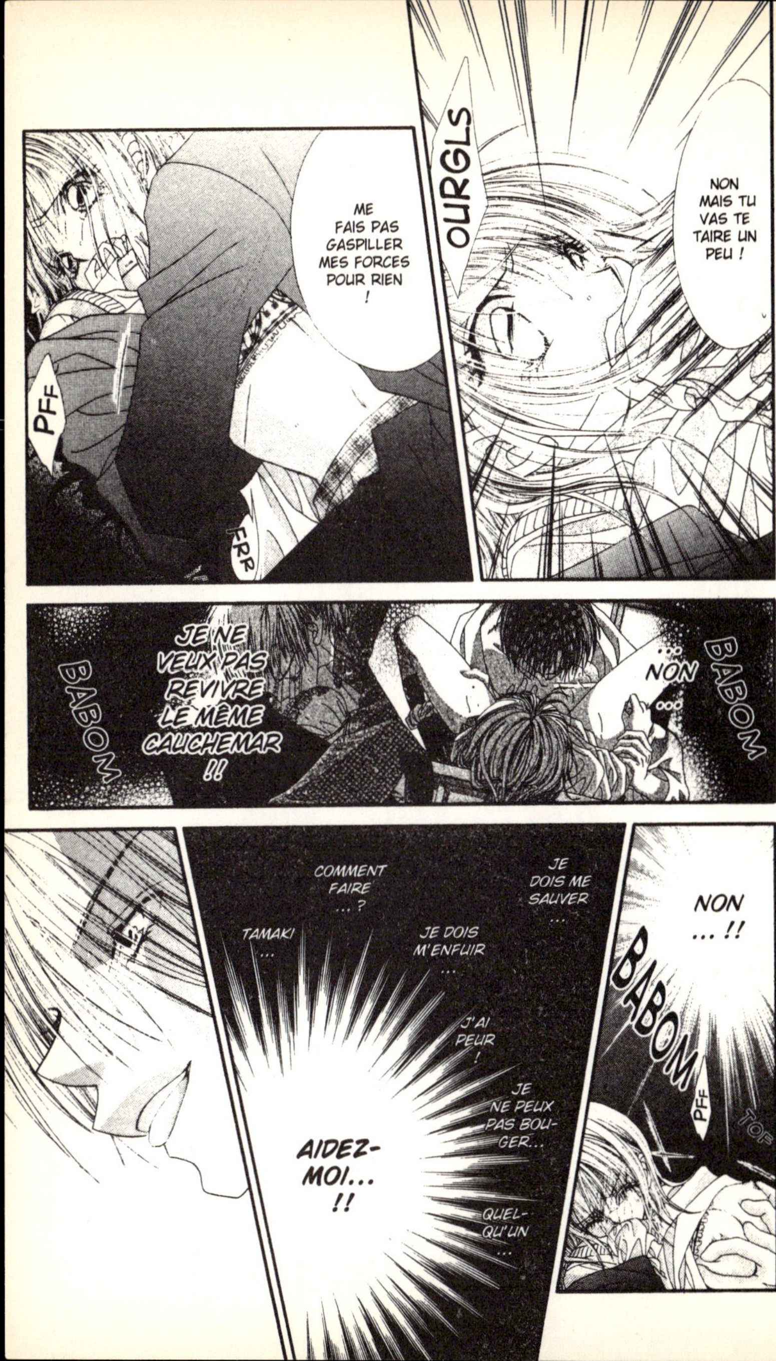

NON MAIS TU VAS TE TAIRE UN PEU !
OURGLS
ME FAIS PAS GASPILLER MES FORCES POUR RIEN !
PFF
FRR
BABOM
... NON ...
JE NE VEUX PAS REVIVRE LE MÊME CAUCHEMAR !!
BABOM
NON ... !!
BABOM
PFF
TOF
JE DOIS ME SAUVER ...
COMMENT FAIRE ... ?
JE DOIS M'ENFUIR ...
TAMAKI ...
J'AI PEUR !
JE NE PEUX PAS BOU-GER...
QUEL-QU'UN ...
AIDEZ-MOI... !!

SLUPS
AAAAAAH
... ?
QUOI... ? JE VIENS DE...
TIP
TOF
TOF
PFF...
FFF...
TAP
TAP
IMPOSSIBLE... NON !! POURQUOI ... ?!
MON CORPS, IL...
FFF
FFF
POUR QUELQU'UN QUI DIT ÊTRE DÉGOÛTÉE ...
JE TROUVE QUE TU RÉAGIS PLUTÔT BIEN ...

AAAAAAH
BOM
JE DOIS ME SAUVER ...
VITE ...
HAA ...
VITE !!
HPFF HPFF
!
GRRH
JE ME DEMANDAIS QUEL GENRE DE FILLE PEUT BIEN ÊTRE ...
UNE FILLE QUI FAIT TOUT SON POSSIBLE POUR SE RETROUVER DANS LA MÊME CLASSE QUE LE GARÇON QU'ELLE AIME ... ?
HAA ...
FFF ...

JE CROIS AVOIR RÉUSSI MON COUP ...
... VOILÀ LA RÉPONSE !!
C'EST PAS VRAI ... !!
SHHRR
IL NE FAUT PAS QU'ON TARDE À ALLER FAIRE NOTRE RAPPORT DE SURVEILLANCE SINON ...

COMMENT OSES-TU...
ME REGARDER AVEC CES YEUX-LÀ ?!
RASSURE-TOI, BIENTÔT JE NE POURRAIS PLUS TE VOIR ...
CAR LE MOMENT OÙ TU NE POURRAS PLUS TE PASSER DE MOI ...
SEMBLE ÊTRE PLUS PROCHE QUE PRÉVU ET LÀ ...
TU SERAS UN PEU COMME LA FILLE DE TOUT À L'HEURE ...
...!
VLAN

JE COMPTE SUR TOI DÉSORMAIS ...
MADEMOISELLE LA DÉLÉGUÉE !
HI HI
BADAM
FFF
FFF
BABOM
BABOM

POUR-QUOOOO-OOOI ... ?!!
JE NE VOULAIS PAS ET POURTANT ...
JE NE VOULAIS VRAIMENT PAS !!
JE NE POURRAI JAMAIS EN PARLER À TAMAKI !

COURAGE, SORA !! ①

3 CE CHAPITRE EST UN CHAPITRE SPÉCIAL "VAS-Y SERI !". DE TEMPS EN TEMPS, C'EST BIEN QUE CE SOIENT LES FILLES QUI PRENNENT LES DEVANTS ! (MAIS QU'EST-CE QUE JE RACONTE ?) SI ASAHI FAIT ÉGALEMENT SON APPARITION, C'EST TOUT SIMPLEMENT POUR FAIRE PLAISIR À MON ASSISTANTE, MLLE NAGASE ! (RIRES) MOI AUSSI, JE LE TROUVE TRÈS MIGNON QUAND TAMAKI LE PREND PAR LE COU UN PEU COMME UN CHAT ! (RIRES) OH LÀ LÀ LÀ, TAMA-CHAN, TU ES VRAIMENT TRÈS SAUVAGE PARFOIS !!

DANS CE CHAPITRE, SERI ESSAYERA DE SE PERFECTIONNER AU KARATÉ. QUANT À KÔ, IL S'ESSAYERA AUX ARTS MARTIAUX DE DÉFENSE. CE QUI ME FAIT PENSER QU'IL Y A DES PERSONNES QUI SE DEMANDENT DÉJÀ QUELS SONT LES PERSONNAGES LES PLUS FORTS DANS L'HISTOIRE... JE NE VAIS PAS TOUT VOUS DÉVOILER COMME ÇA, MAIS CE QUE JE PEUX VOUS DIRE C'EST QU'ASAHI EST PLUS FORT QUE KÔ ! CE DERNIER N'EN EST QU'AUX BASES DES ARTS MARTIAUX DE DÉFENSE !!

CRRSH
JE NE VOULAIS VRAIMENT PAS ...
J'AVAIS SI PEUR ...
REGARDE ...
TU AS L'AIR D'APPRÉCIER !
AÏE
MON CORPS SERAIT-IL DEVENU INCONTRÔLABLE ... ?!

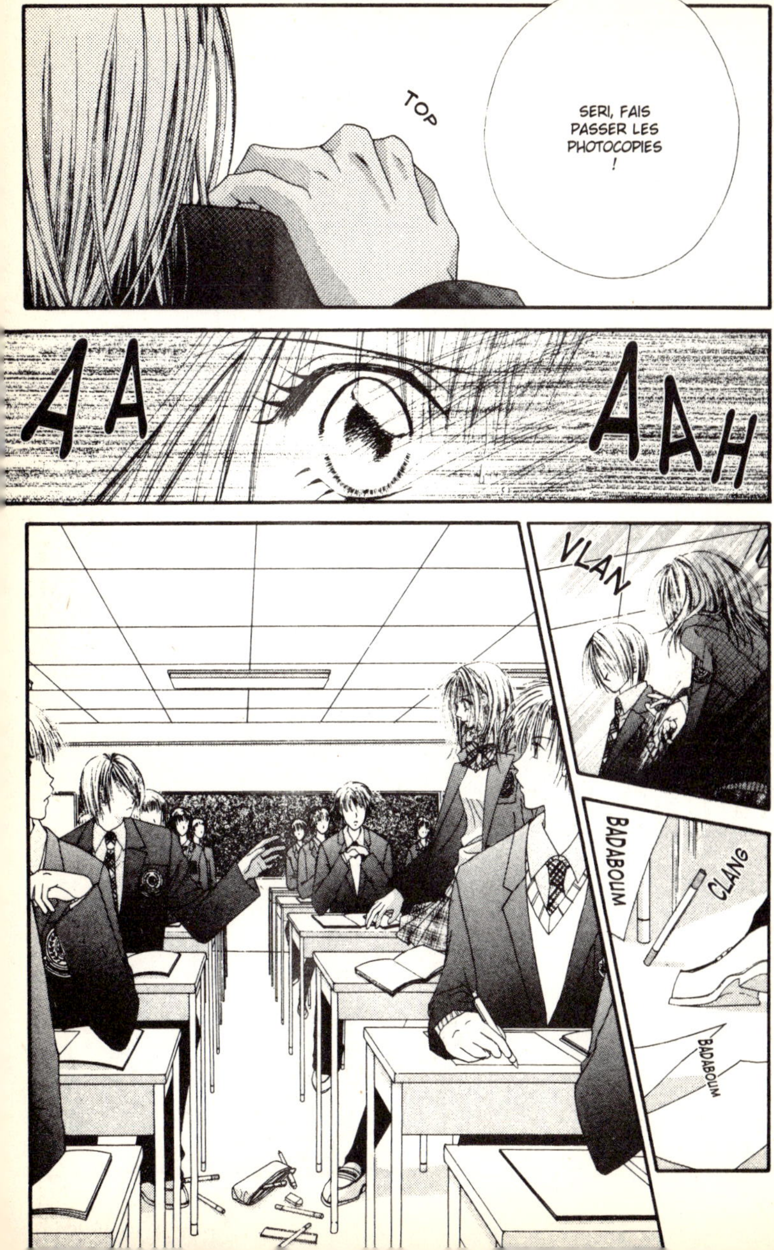
SERI, FAIS PASSER LES PHOTOCOPIES !
TOP
AAAAH
VLAN
BADABOUM
CLANG
BADABOUM

QUE SE PASSE-T-IL NAGAKURA ?
EUH ...
VEUILLEZ M'EXCUSER ...
JE ME SUIS JUSTE ASSOUPIE ... !
BLA
BLA
CONTINUONS !
HOP
TOP
IL FAUT TE CALMER, ON NE PEUT RIEN FAIRE ICI, VOYONS !!

TU AS SI PEUR DE M… MAIS NON…
TU ES IMPATIENTE, C'EST ÇA ?
ARGH
HI HI
GRR GRR
TAMAKI …

DRIIIIIIG
TAMAKI !
ALLEZ, ON RENTRE !!
HOOOP
?!
BLA
BLA
BLA BLA

QU'EST-CE QUE TU VEUX SERI ?
QU'EST-CE QUI TE PREND TOUT À COUP ?
HA
HA
COMME ON A COURU ...
ON A GAGNÉ UN PEU DE TEMPS ...
... AVANT QUE TON ENTRAÎNEMENT NE COMMENCE, NON ?

SERI ...
MMHH
EH BEN, C'EST RARE QUE TU ME FASSES DES BAISERS COMME ÇA !
BOM
AH BON ...
TU N'AS PAS ENVIE DE FAIRE CERTAINES CHOSES ?
BOM
EUH ...
BOM

SI MAIS ...
JE DOIS Y ALLER !
MOI ...
MOI... J'EN AI ENVIE !

KAAAAH
MAIS NON !
C'EST UNE BLAGUE !
JE PLAISANTE !
ALLEZ, DÉPÊCHONS NOUS DE RENTRER !
HEIN ?!
AH ...
TAMA... KI...

HA ...
HAN ...
HUM ...
C'EST TOI QUI ME L'AS PROPOSÉ, NON ?!
ZUFF
... OUI !
VAS-Y DE TOUTES TES FORCES !
HUM ...
COMME C'EST BON !

C'EST DE CETTE SENSATION …
DONT J'AI ENVIE !!
HOO
HAN …
HUM …
HOO
C'EST… BON…
BA BOM
NE ME DIS PAS CE GENRE DE CHOSES …
SINON JE VAIS PAS POUVOIR M'ARRÊTER !
HOO
HOO

JE SUIS... DÉSOLÉE ...
D'AVOIR FAIT MON CAPRICE ...
IDIOTE !!
CE GENRE DE CAPRICE ME REND SUPER HEUREUX !!
CRII
C'EST VRAI ?
OUI !
ALLEZ ...
À DEMAIN !!

TAP
VLAAAN
MAÎTRE, VOUS ÊTES ENFIN RENTRÉ ?!
ASAHI, MAIS QUAND EST-CE QUE TU VAS AR-RÊTER ... ?!
IL FAUT VOUS DÉPÊCHER AVANT QUE NOTRE SENSEI NE SE METTE EN COLÈRE !!
MERDE, IL M'A ENCORE EU !!
C'EST VRAI ?
TOI LA GROUPIE, DÉPÊCHE-TOI DE RENTRER !!
PFF PFF
TOI AUSSI, TU FERAIS BIEN DE TE DÉPÊCHER !!
BON BEN... BON COURAGE POUR L'ENTRAÎNEMENT !

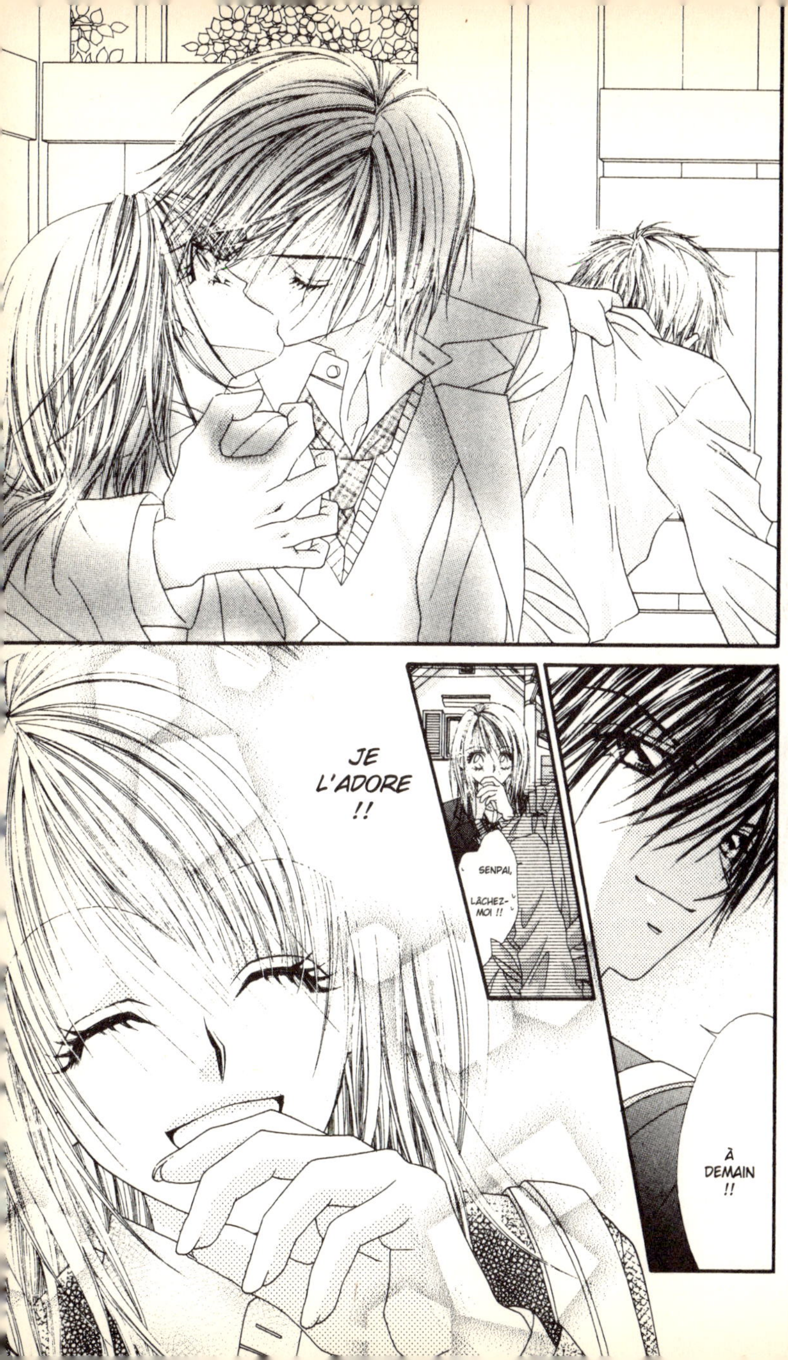

À DEMAIN !!
SENPAI, LÂCHEZ-MOI !!
JE L'ADORE !!

TOP
BONJOUR !
ÇA VA ALLER !
TAMAKI, ON RENTRE ?
JE N'AI PAS DE RAISON ...
D'ÊTRE AUTANT EFFRAYÉE PAR KÔ !
JE CROIS QU'ON VA AVOIR UN CONTRÔLE ?
HEIN ?

TANT QUE JE NE ME RETROUVE PAS TOUTE SEULE AVEC LUI ...
IL NE PEUT RIEN ME FAIRE !
BLA
BLA
LES DÉLÉGUÉS ...
VEUILLEZ PRÉPARER LA SALLE POUR LES EXPÉRIENCES PENDANT LA PAUSE DÉJEUNER !
BRRR
SERI, ON FERAIT PEUT-ÊTRE MIEUX D'Y ALLER AVANT DE DÉJEUNER !
BLA
BLA
BABOM
BABOM

EUH... D'ACCORD ...
TU VOIS, JE T'AVAIS PRÉVENUE !
LES DÉLÉGUÉS SONT TOUJOURS CHARGÉS DE FAIRE CE GENRE DE CHOSES !!
TU VEUX QUE JE TE DONNE UN COUP DE MAIN ?
OUI MERCI !
OUF
HÉ, TAMAKI !!
AH...
J'AI UN TRUC INCROYABLE À TE RACONTER !
DÉSOLÉ SERI !
À TOUT À L'HEURE !
TAMA...
SERI !!
DÉPÊCHONS-NOUS ...
... D'Y ALLER !
HI HI
SALLE DE SCIENCES 1

4

CLIP DE PROMOTION VERSION 2003

... HA HA... JAMAIS JE N'AURAIS CRU QU'ON EN FERAIT UN AUTRE... LORSQUE J'AI PARTICIPÉ AU PRÉCÉDENT, JE ME SUIS VRAIMENT DIT QUE LES ACTEURS AVAIENT UN RÉEL TALENT ! MOI JE SUIS INCAPABLE D'IMPROVISER SUR DES CHOSES COMME ÇA ! JE NE SUIS PAS TRÈS DÉBROUILLARDE, DONC SI JE N'APPRENDS PAS MON TEXTE PAR CŒUR, MA TÊTE SE VIDE ET JE SUIS INCAPABLE DE PARLER !! HA HA...

BON, ARRÊTONS DE PARLER DE MOI ! POUR LE DIGITAL COMIC (MANGA SUR SUPPORT DIGITAL), JE NE SAIS PAS POURQUOI MAIS POUR MOI ILS N'ONT ENCORE CHOISI QUE DES EXTRAITS DE SCÈNES ÉROTIQUES !! PENDANT LE SUMMER FESTIVAL, ILS L'ONT DIFFUSÉ AVEC DES CENSURES ! (RIRES JAUNES) MAIS BON, EN CE QUI CONCERNE LES DOUBLEURS, ILS ONT VRAIMENT ÉTÉ FORMIDABLES !! ÇA COLLAIT PARFAITEMENT AUX IMAGES !! LE DOUBLEUR POUR TAMAKI EST CELUI QUI AVAIT DÉJÀ DOUBLÉ LA VOIX DE SAKYÔ (LA GOURMETTE DE PERLE) ET IL S'APPELLE MONSIEUR KATÔGI ! LA VOIX DE SERI ÉTAIT AUSSI PARFAITE, ELLE ÉTAIT DYNAMIQUE !! MAIS LA VOIX LA PLUS CHARMANTE A ÉTÉ CELLE DU PROFESSEUR RESPONSABLE !! J'AI PARTICULIÈREMENT ADORÉ SES INTONATIONS EN FIN DE PHRASE ! (RIRES) J'AURAIS VOULU POUVOIR RESTER PLUS LONGTEMPS MAIS MALHEUREUSEMENT, J'AVAIS PRIS DU RETARD DANS MON TRAVAIL ET IL M'A RAPPELÉ À L'ORDRE ! J'AURAIS BIEN AIMÉ VOIR TOUTES LES SCÈNES ÉROTIQUES SÉLECTIONNÉES... ! HÉ !! MAIS JE CROIS BIEN QUE SI J'ÉTAIS RESTÉE, JE LES AURAIS SANS DOUTE DÉRANGÉS PLUS QU'AUTRE CHOSE AVEC MES COMMENTAIRES ET MES PETITS CRIS !!

↑ C'EST LA SCÈNE OÙ KÔ FAIT DES CHOSES UN PEU COCHONNES DANS LE BUREAU DU PROVISEUR ADJOINT À LA FIN DU VOLUME 3 !

POUSSE-TOI !!
SSSHH
SI TU NE VEUX PAS QUE JE TE FRAPPE !!
DU... KARATÉ ... ?
VAS-Y, JE T'EN PRIE !!
HI HI
POURQUOI ME REGARDE-T-IL AVEC CET AIR SI CONFIANT ... ?
BABOM
SI JE NE ME FAIS PAS SURPRENDRE PAR CET ÉLÈVE MODÈLE ...
BABOM
JE SUIS SÛRE DE L'AVOIR !!
BABOM
HAA !

BAM
HEIN ... ?!
VLAN
UN TYPE COMME MOI ...
... QUI NE S'EN PREND QU'AUX FILLES QUI ONT DÉJÀ UN PETIT AMI ...
TOP
HI HI
... SE DOIT DE CONNAÎTRE UN MINIMUM LES ARTS MARTIAUX DE DÉFENSE POUR TENIR LE COUP !
CRRRSH
NON, ARR ...

NON ... !!
PLOF
PLOF
ENCORE CETTE SENSATION ...
MON CORPS ME LANCINE BIZARREMENT, ÇA ME DÉGOÛTE ...
ÇA ME DÉGOÛTE TELLEMENT ET POURTANT ... !
COMME QUOI, L'ESPRIT EST LUI AUSSI FACILE À CONTRÔLER ...
AAAH
EXACTEMENT ...
COMME LE CORPS !!
FLOF
FLOF

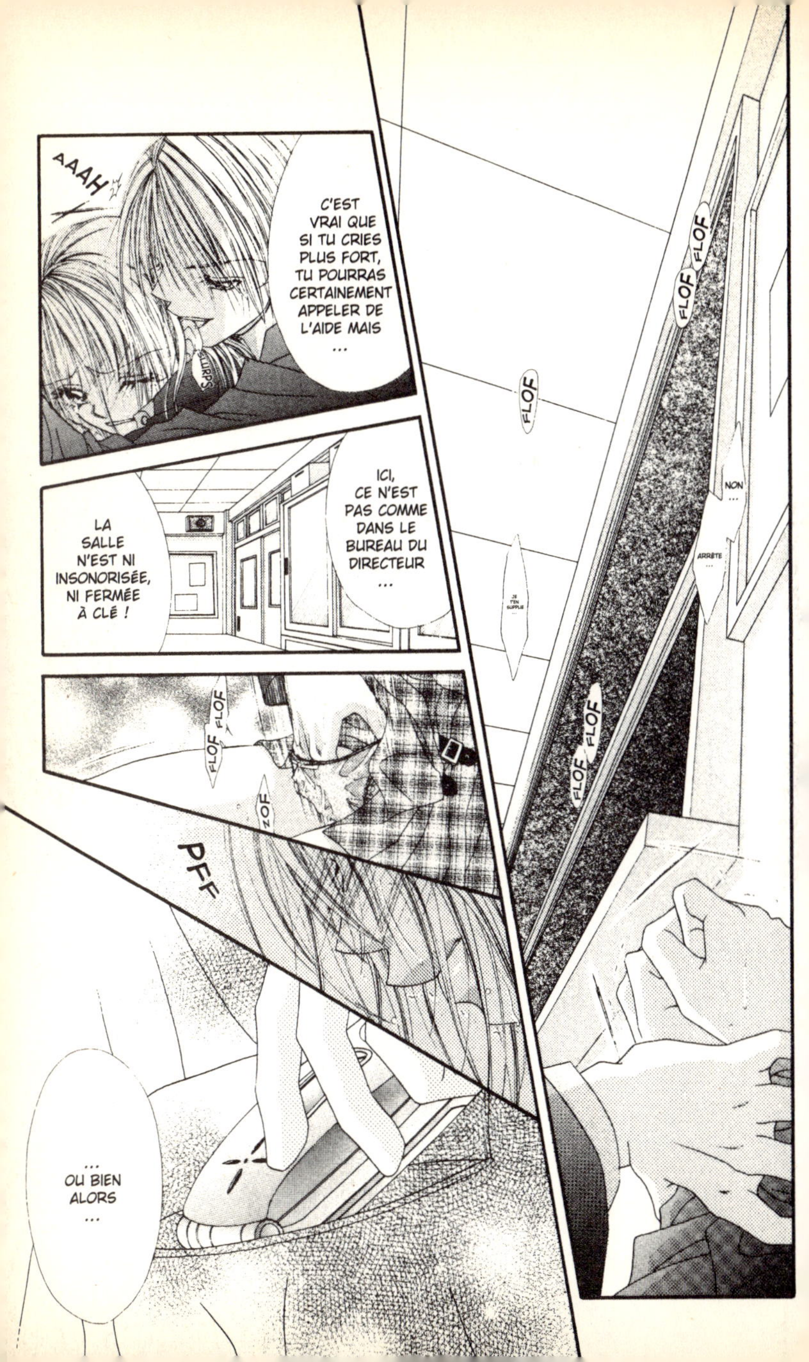
FLOF FLOF
FLOF
NON ...
ARRÊTE ...
JE T'EN SUPPLIE ...
FLOF FLOF
C'EST VRAI QUE SI TU CRIES PLUS FORT, TU POURRAS CERTAINEMENT APPELER DE L'AIDE MAIS ...
AAAH
SLURPS
ICI, CE N'EST PAS COMME DANS LE BUREAU DU DIRECTEUR ...
LA SALLE N'EST NI INSONORISÉE, NI FERMÉE À CLÉ !
FLOF FLOF
ZOF
PFF
... OU BIEN ALORS ...

TU VEUX APPELER TAMAKI AVEC ÇA ?
CLAC
NON ...
NUMÉRO COMPOSÉ
17H 23:07
TAMAKI HAYASAKA
ARRÊTE !!
VLAN
CLAC
POURQUOI TU ME FAIS ÇA... ?
ZOF

NGG
NGG
NON... ARR...
ARRÊTE ...
NGG
JE NE VEUX PAAAS ...
... TIENS ?
C'EST PAS VRAI !
SNIF
SNIF
JE NE COMPTAIS PAS ALLER JUSQUE-LÀ AUJOURD'HUI ET POURTANT ...
JE SUIS DÉÇU DE VOIR QUE TU ES UNE FILLE AUSSI FACILE !
TOP

CLAC CLAC
UNE FILLE FACILE À EXCITER …
… ET FACILE À FAIRE JOUIR !!
SLURP
PLOC
TAMA… KII…
SNIFF SNIFF
SNIFF
NUMÉRO COMPOSÉ
17H 23:07
TAMAKI HAYASAKA

SERI ?
AH...

DÉSOLÉ MAIS AUJOUR-D'HUI...
JE DOIS ME DÉPÊCHER D'ALLER AU DOJO SINON ...
BABOM
... MAIS ...
JUSTE UN PEU, C'EST PAS GRAVE !
ON Y VA ... D'ACCORD !
NON MAIS ...
JE TE DIS QU'AUJOURD'HUI C'EST VRAIMENT PAS POSS ...

POURQUOI ?! D'HABITUDE, TU AIMES PLUTÔT ÇA, NON ?!
MON CORPS …
SE…
TU M'ÉCOUTES OU QUOI ?! AUJOURD'HUI, JE TE DIS QUE …
N'EST EN AUCUNE FAÇON EN TRAIN DE DEVENIR INCONTRÔLABLE !
… ?!
SLIPS
TAMAKI EST LE SEUL …
CLING
QUE J'AI ENVIE DE SENTIR DONC…
JE T'EN SUPPLIE !

SERI !
IL S'EST PASSÉ QUELQUE CHOSE AVEC KÔ ... ?!
J'AI ENVIE DE FAIRE DISPARAÎTRE CETTE SENSATION DÉGOÛTANTE !!

AIDE-MOI
... !

5 C'EST LA PREMIÈRE APPARITION DU PÈRE DE KÔ ! BEAUCOUP D'ENTRE VOUS M'ONT ÉCRIT POUR ME DIRE QU'ILS LE TROUVAIENT VRAIMENT ABJECT ! (RIRES JAUNES) QUOI QU'IL EN SOIT, PLUS LES MEMBRES DE LA FAMILLE DE KÔ SONT ÂGÉS, PLUS IL FAUT LEUR PRÊTER UNE ATTENTION PARTICULIÈRE, SEMBLE-T-IL ! EN CE QUI CONCERNE SON PÈRE, LES DEUX RÉPLIQUES SUIVANTES "EH BIEN, TU L'AS TRÈS BIEN ATTACHÉE !" ET "TU VEUX NOUS REJOINDRE KÔ ?" ONT EU UN ÉNORME SUCCÈS AUPRÈS DES MEMBRES DE LA RÉDACTION (RIRES). HA HA HA, JE NE SAIS PAS SI JE DOIS ÊTRE CONTENTE OU EN AVOIR HONTE...
SINON, BEAUCOUP D'ENTRE VOUS ONT PENSÉ QUE KÔ ALLAIT VIOLER SERI APRÈS QUE CETTE DERNIÈRE LUI AIT DIT SES QUATRE VÉRITÉS ! ÇA M'A VRAIMENT TRÈS SURPRISE (JE N'AI PAS D'AUTRES MOTS POUR EXPRIMER CORRECTEMENT MON SENTIMENT) MAIS RASSUREZ-VOUS, IL NE L'A PAS FAIT ! MÊME SI L'ATTITUDE DE SERI PEUT LAISSER PENSER LE CONTRAIRE ! LA HONTE, SERI !!

VOILÀ, ÇA DEVIENT DÉJÀ DE PLUS EN PLUS DIFFICILE PSYCHOLOGIQUEMENT PARLANT POUR NOTRE HÉROÏNE ET C'EST LOIN D'ÊTRE FINI !!

J'EN AI VRAIMENT MARRE DES TÂCHES DE DÉLÉGUÉS !
ET PUIS LES COURS DE SCIENCES SONT VRAIMENT TROP DIFFICILES !!
JE CROIS QUE J'AI VRAIMENT BESOIN QUE TU M'AIDES !!
DÉSOLÉE ...
JE SUIS SANS DOUTE TROP STRESSÉE !
LA HONTE !!
AAH !
DÉSOLÉE DE T'AVOIR FAIT PERDRE TON TEMPS POUR RIEN !
RENTRONS ! TIENS, TON SAC !!

IL S'EST PASSÉ QUELQUE CHOSE AVEC KÔ ?
BABOM
MAIS... JE TE DIS QUE ...
C'EST JUSTE À CAUSE DE TOUT CE TRAVAIL EN TANT QUE DÉLÉGUÉE ...
JE T'AI MONTRÉ MES FAIBLESSES, C'EST TOUT !
ALLEZ, RENTRONS !!
TOP
TOP
VRAIMENT, ÇA N'A RIEN À VOIR AVEC KÔ !!

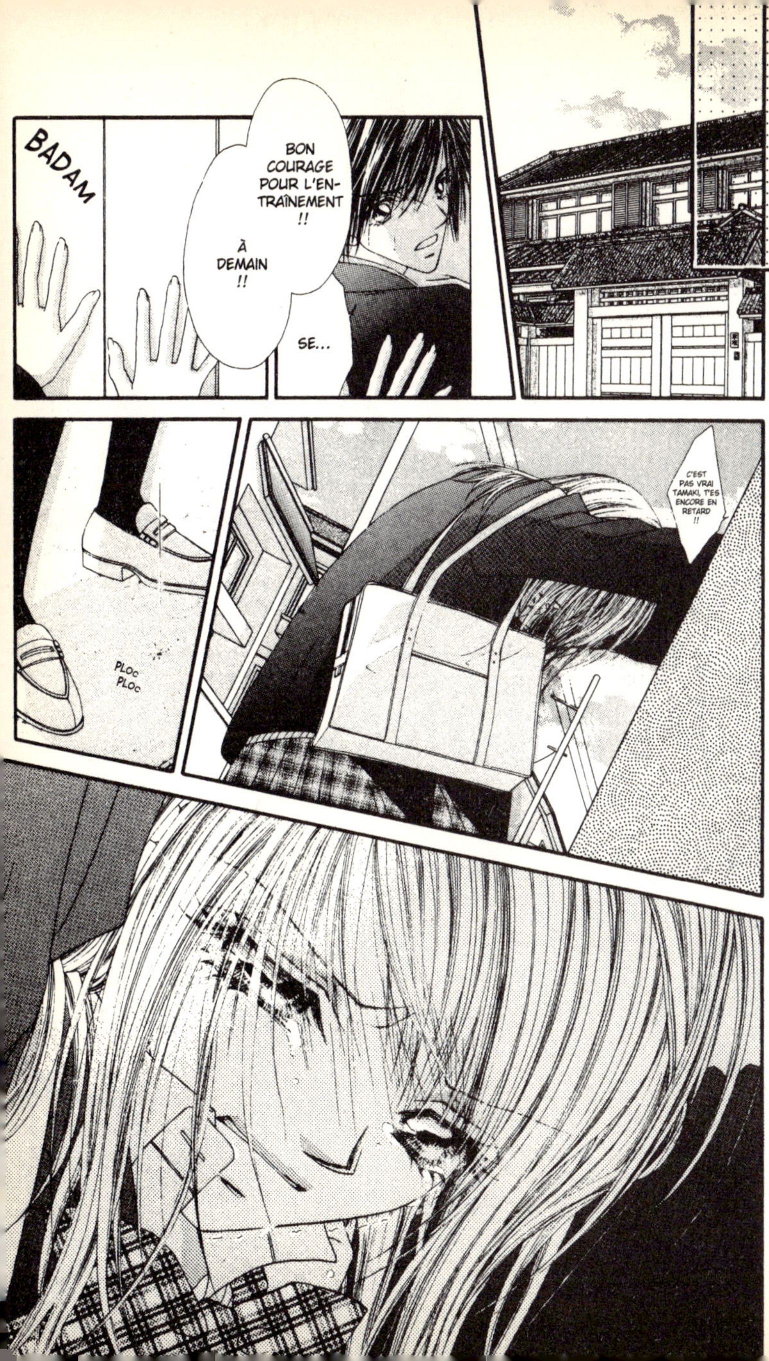
BON COURAGE POUR L'EN-TRAÎNEMENT !!
À DEMAIN !!
SE...
BADAM
C'EST PAS VRAI TAMAKI, T'ES ENCORE EN RETARD !!
PLOC PLOC

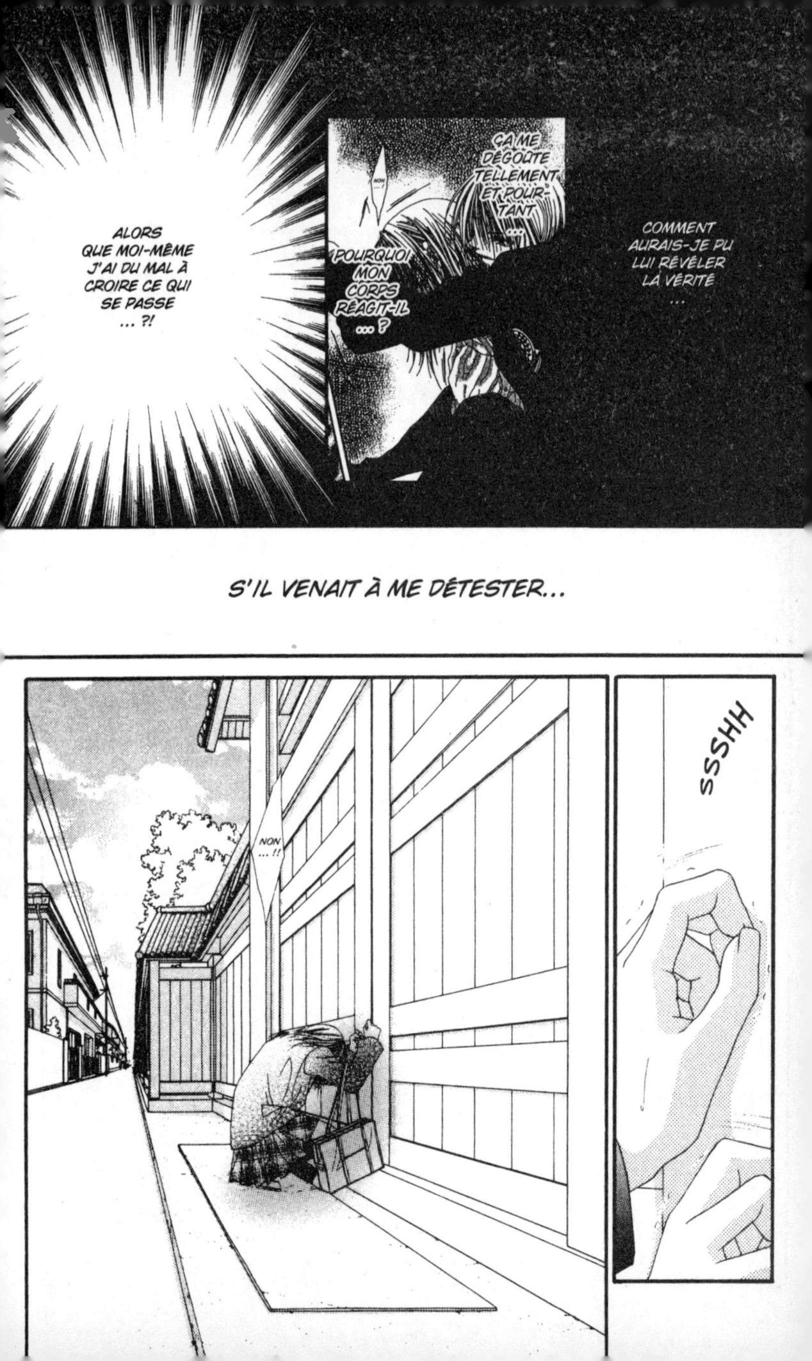
COMMENT AURAIS-JE PU LUI RÉVÉLER LA VÉRITÉ ...
ÇA ME DÉGOÛTE TELLEMENT ET POURTANT ...
NON ... !
POURQUOI MON CORPS RÉAGIT-IL ... ?
ALORS QUE MOI-MÊME J'AI DU MAL À CROIRE CE QUI SE PASSE ... ?!
S'IL VENAIT À ME DÉTESTER...
SSSHH
NON ... !!

SALLE DE SCIENCES 1
LE GAZ CARBONIQUE QUI SE TROUVE DANS LES TUBES ...
EUH ...
...
...
...
FFF

...!
HI HI
KK KK
C'EST PAS POSSIBLE ...
COMMENT OSE-T-IL ... ?
AAAH
PFF
DIS DONC, TU MOUILLES DÉJÀ ... ?!
HI HI
KAAAH
TAMAKI, AIDE-MOI ...

NON...
IL NE FAUT PAS QUE TU T'EN RENDES COMPTE ... !
GRR
AAAH
BRR
FLOF FLOF
BIEN ...
VOUS POUVEZ RETOURNER À VOS PLACES !
SSS
BLA
BLA
BLA
HOO HOO
BLA
... AÏE ...

SERI !
GRR GRR
LES DÉLÉGUÉS ...
EUH... TAKARAI, EMMENEZ-LA À L'INFIRMERIE ...
BIEN MONSIEUR !
BABOM
BLA BLA
EST-CE QUE ÇA VA ... ?

MONSIEUR, C'EST MOI QUI EMMÈNE SERI À L'INFIRMERIE !!
BLA
BLA
EUH... TRÈS BIEN, JE COMPTE SUR TOI !
INFIRMERIE

ALLEZ, REPOSE-TOI BIEN !
... PARDON ...
IDIOTE, CE N'EST PAS GRAVE !
JE REVIENS DÈS QUE LES COURS SONT FINIS !
SNIF SNIF
MON CORPS EST EN TRAIN DE DEVENIR FOU ...
PARDONNE-MOI...

BABOM
BAROM
BUREAU DU DIRECTEUR ADJOINT
VLAN
LÂCHE-MOI ... !!
!!
TAP
AAAH !
OUPS
BADAM
KIII
HÉ, VOUS-LÀ ...
TOUT VA BIEN ?
!

MAIS QUE SE PASSE-T-IL ?
LE... DIRECTEUR ADJOINT ... ?
EUH... S'IL VOUS PLAÎT ...
VOUS NE POUVEZ-PAS ME DÉTACHER ... ?!
CE TYPE EST FOU...
IL ME FORCE À FAIRE CE GENRE DE CHOSES ...
AH BON ... ?
S'IL VOUS PLAÎT, DITES-LUI QUELQUE CHOSE !!
MERCI, JE SUIS SAUVÉE !!
EH BIEN, TU L'AS TRÈS BIEN ATTACHÉE ...
KÔ !!

MAIS QU'EST-CE QU'IL RACONTE ... ?
C'EST NORMAL PAPA ...
PUISQUE JE L'AI FAIT PENDANT QU'ELLE DORMAIT !
BIEN, PENSE À FERMER LA PORTE !
JE SAIS !
ET VOILÀ ...
... LA RAISON POUR LAQUELLE JE PEUX UTILISER LIBREMENT CETTE PIÈCE !!
HI HI
C'EST BIEN DOMMAGE ...
N'EST-CE PAS ?
HI HI
BADAM
CRIC CRAC

NON ...
ARRÊTE ... !
POURQUOI ... ?!
POURQUOI TU ME FAIS SUBIR ÇA ... ?!
JE TROUVE ÇA AMUSANT !

6

2003

LE SUMMER FESTIVAL À NAGOYA

JE SUIS VRAIMENT TRÈS HEUREUSE D'AVOIR PU Y PARTICIPER CETTE ANNÉE ENCORE ! C'ÉTAIT MA PREMIÈRE VISITE À NAGOYA, J'EN FRÉMISSAIS D'AVANCE ! (MAIS BON, J'AI DÛ QUAND MÊME TRAVAILLER DANS MA CHAMBRE D'HÔTEL !) ♥

PENDANT LA SÉANCE DE DÉDICACES, J'AI RENCONTRÉ UNE LECTRICE QUI AVAIT GAGNÉ UNE DE MES CARTES DE NOUVELLE ANNÉE DÉDICACÉES ET ÇA M'A FAIT VRAIMENT PLAISIR ! ET PUIS, CE QUI M'A LE PLUS SURPRISE, C'EST QUE LA JEUNE FILLE QUI AVAIT GAGNÉ AU COSPLAY DU MEILLEUR UNIFORME DE SERI ÉTAIT ÉGALEMENT VENUE À LA SÉANCE ! MERCI BEAUCOUP POUR LE DESIGN SI MIGNON, MLLE AIRI KAGA ! ♥ ♥

À PROPOS, AVANT LE FESTIVAL, JE SUIS ALLÉE CHEZ LE COIFFEUR POUR REFAIRE MA TEINTURE QUI COMMENÇAIT À S'ESTOMPER AU NIVEAU DES RACINES. MAIS UNE FOIS RESSORTIE, J'AVAIS PERDU UNE GRANDE PARTIE DE MES CHEVEUX ET J'AVAIS UNE COUPE QUI ME DONNAIT UNE IMAGE PLUS ADULTE, PLUS "MADAME" ! QUELLE SURPRISE !! C'EST VRAI QUE JE VOULAIS DEPUIS UN MOMENT UNE COUPE PLUS "POP", QUI AILLE UN PEU MIEUX AVEC MON MANGA ! (LA ROBE QUE JE PORTAIS CE JOUR-LÀ EST TOMBÉE, C'EST BIEN ÉTRANGE !) POUR EN RAJOUTER UNE COUCHE, LE RESPONSABLE DU TOURNAGE DU CLIP PROMOTIONNEL DE L'ANNÉE DERNIÈRE M'A FAIT LA REMARQUE SUIVANT : " EH BIEN, MADEMOISELLE MINAMI, VOUS FAITES PLUS DIGNE ALORS QUE L'ANNÉE DERNIÈRE, VOUS FAISIEZ PLUS NAÏVE ! " QU'EST-CE QUE ÇA VEUT DIRE ?? QUE J'AI VIEILLI ??!! SNIF SNIF !!

JE VEUX RAJEUNIR, JE VEUX ÊTRE JEUNE COMME SERI !!

TE MOQUE PAS DE MOI !!
CE SERAIT POUR CETTE RAISON QUE JE DEVRAIS SUPPORTER TOUT ÇA … ?!
JE NE SAIS PAS LEQUEL DE NOUS DEUX SE MOQUE LE PLUS DE L'AUTRE … ?!
… !
COMMENT SE FAIT-IL QUE TU MOUILLES AUTANT ALORS QUE CE SONT LES DOIGTS D'UN AUTRE GARÇON QUE TON PETIT COPAIN QUI TE TRIPOTENT ?!
SLIPS
ALORS COMME ÇA, TU AIMES ÇA… ?
ZOF ZOF
NON, ÇA ME DÉGOÛTE !!
TON CORPS EST VRAIMENT MÉPRISABLE …
SLIPS
SLIPS
HI
C'EST TRÈS DRÔLE …
VRAIMENT … !!
FLOF
PLOF PLOF
HI
HI

SERI N'EST TOUJOURS PAS REVENUE ?
... ?
C'EST LE TOUR DE CETTE CLASSE DE FAIRE LES RONDES ... N'EST-CE PAS ?
AH... C'ÉTAIT DONC ÇA !
COMMENT ÇA "C'ÉTAIT DONC ÇA" ?

À TON AVIS ...
QUE SONT-ILS EN TRAIN DE FAIRE TOUS LES DEUX ?
TOP
TOP
... AH ...
JE CROIS QUE JE SUIS ALLÉ UN PEU TROP LOIN ...
ZOF ZOF
JE ME SUIS UN PEU ENGOURDI ET J'AI DU MAL À ME CONTRÔLER !

PLOF
TOUT ÇA ...
PLOF
ME DÉGOÛTE ...
TES PAROLES DÉNOTENT UNE CERTAINE OBSTINATION !!
AAAH
JE CROIS QUE MON DOIGT NE TE SUFFIT PLUS ?!
GRRR
QUE VEUX-TU QUE JE FASSE ...
HEIN ?
HAAANG
!!

VLAN
AÏE...
C'EST DONC ÇA ...
DANS CES CONDITIONS ...
SSSH
JE VEUX T'ENTENDRE LE DIRE !
SI TU LE DIS, JE TE LAISSERAI REPARTIR POUR AUJOURD'HUI !
PFF
... NE ...
... ME PRENDS PAS POUR UNE IDIOTE ...
PERVERS ... !!

SSHH
QUI NE DIT MOT ...
HI
HI
... CONSENT !
CLANG
ARRRGH

...
S'IL TE...
PLAÎT...
BUREAU DU DIRECTEUR ADJOINT
EST-CE QU'ILS SONT VRAIMENT ICI ... ?
CLAC
BAM

SERI...
KÔ...

7

JUSQU'À MAINTENANT, PEU IMPORTAIENT LES ÉPREUVES À SURMONTER, PEU IMPORTAIENT LES CHOSES IGNOBLES QU'ELLE SUBISSAIT, DU MOMENT QUE TAMAKI ÉTAIT À SES CÔTÉS, SERI GARDAIT LE SOURIRE ! MAIS TAMAKI VA DÉCIDER DE LA QUITTER ! DANS LE CHAPITRE SUIVANT, SERI SERA AU BOUT DU ROULEAU ! AÏE AÏE AÏE ! D'AILLEURS CE VOLUME 4 S'ACHÈVE AVEC LE CHAPITRE SUIVANT ! IL VA FALLOIR QUE ÇA CHANGE AU PROCHAIN VOLUME, ÇA NE PEUT PAS CONTINUER COMME ÇA... DONC, NE PARTEZ PAS, TRÈS CHERS LECTEURS ! JE SAIS QUE MES FANS SE DIVISENT EN DEUX GROUPES : CEUX QUI APPRÉCIENT LA NAÏVETÉ QUE L'ON POUVAIT RETROUVER DANS "LA GOURMETTE DE PERLES" ET CEUX QUI AIMENT PLUTÔT LE CÔTÉ "HARD" DE "L'AMOUR À TOUT PRIX" ! JE PENSE QU'APRÈS LA LECTURE DES DEUX PROCHAINS CHAPITRES, LES FANS DU PREMIER TYPE VONT POUR UN GRAND NOMBRE ME QUITTER... TANT PIS, JE NE PEUX RIEN Y FAIRE ! MALGRÉ TOUT CELA, MOI J'AIME BEAUCOUP DESSINER KÔ ! C'EST LE PERSONNAGE QUE J'AI TOUJOURS VOULU DESSINER ! J'ADORE AUSSI SA FAÇON DE S'EXPRIMER, TRÈS CRUE ! (RIRES JAUNES)

MAIS... QU'EST-CE QUE VOUS FAISIEZ ... ?
... AH... EUH...
FFF
FFF
BABOM
SERI ... ?
BABOM
JE LUI FAISAIS VISITER LES LIEUX !
SERI A TOUJOURS ÉTÉ INTRIGUÉE PAR CE BUREAU ...
DEPUIS QU'ELLE A COMMENCÉ À FAIRE LES RONDES !

... N'EST-CE PAS ?
ARRGH
... EUH... OUI...
AVEC LA PORTE FERMÉE ?
EH BIEN, TU ES VRAIMENT TRÈS SOUPÇONNEUX !
C'ÉTAIT JUSTE UNE PRÉCAUTION !!
TOUT LE MONDE NE PEUT ACCÉDER À CETTE PIÈCE !
MON PÈRE EST TRÈS STRICT EN CE QUI CONCERNE SON BUREAU !
DÉSOLÉ POUR CE PETIT QUIPROQUO !

GRR
SERI, ON Y VA !
... SERI ?
DÉSOLÉE, JE CROIS QUE J'AI ÉTÉ UN PEU TROP SURPRISE PAR TA PRÉSENCE ...
JE N'AI PLUS DE FORCE DANS LES JAMBES ...
HA HA ...
JE SUIS TROP NULLE ...
BUREAU DU DIRECTEUR ADJOINT

MOUILLE
TAP
NON... C'EST PAS VRAI !!
RIEN QUE TA PRÉSENCE ME MET DANS CET ÉTAT ...
FROP FROP
J'AI TROP D'EN-VIES EN CE MOMENT !
HA HA...
PLOC
PLOC

...!
SNIF...
OUIIIIN...
GRRR
KÔ ...!!
NON ...!!

LÂCHE-MOI !!
MON CORPS EST DEVENU COMPLÈTEMENT INCONTRÔLABLE !!
AVANT ...
AU MOMENT DE L'INCIDENT AVEC SORA ...
JE NE RESSENTAIS QUE DU DÉGOÛT ...
ET DE LA PEUR !!
MAIS LÀ MAINTENANT, JE RESSENS TOUT...

ÇA ME DÉGOÛTE TELLEMENT ET POURTANT ...
VOILÀ CE QUI SE PASSE ...
... JE SUIS VRAIMENT DÉSOLÉE ...
PAR-DONNE-MOI ...
SNIF
JE T'EN SUPPLIE, NE M'EN VEUX PAS !!

C'EST DE MA FAUTE, JE NE M'EN SUIS PAS APERÇU PLUS TÔT ...
PARDON !
VIENS !

HUM
...
HA
...
HAN
...

HUM ...
PLOF
PLOF
HAN...
ÇA TE FAIT MAL ?
NON, NE T'IN-QUIÈTE PAS !
CE SALE TYPE ...
IL N'A PAS ARRÊTÉ DE ME TOUCHER ...
HAN ...
HAN ...
ALORS ...
MÊME SI J'AI MAL, TANT PIS ! JE TE VEUX TAMAKI !
HAN ...

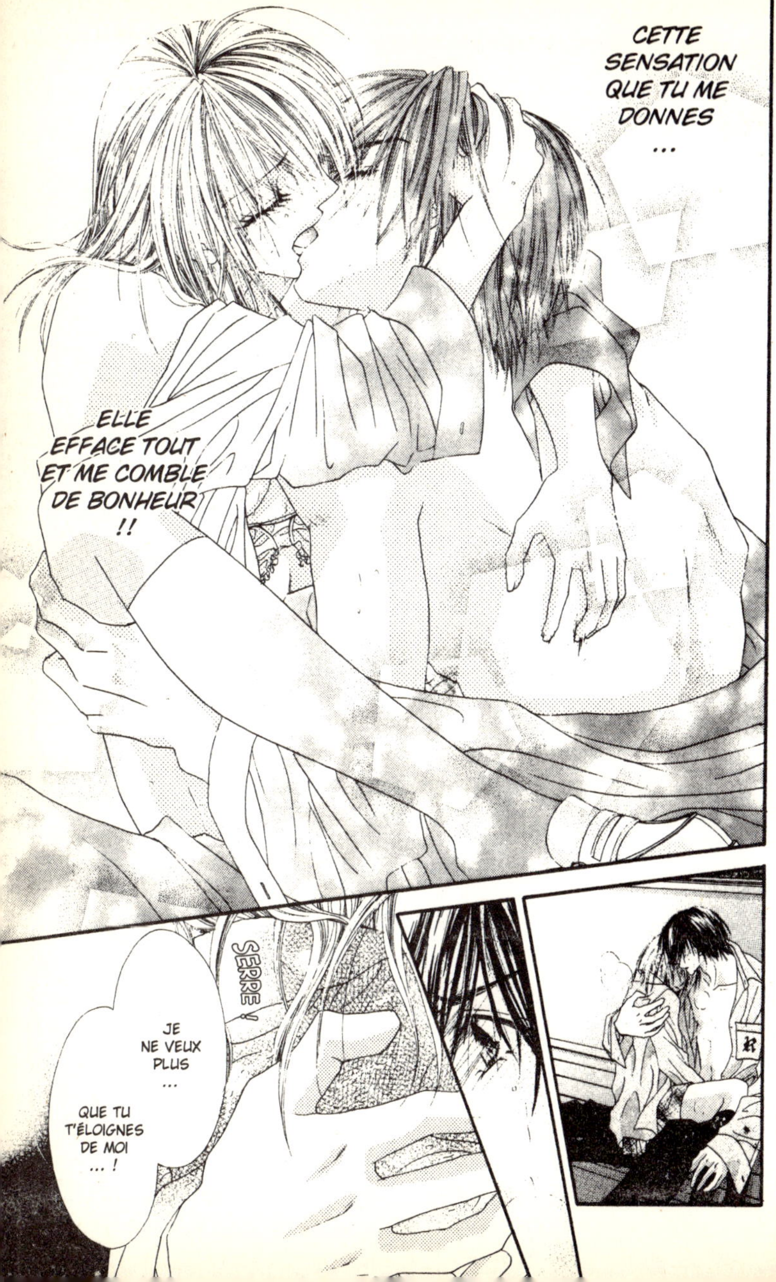
CETTE SENSATION QUE TU ME DONNES ...
ELLE EFFACE TOUT ET ME COMBLE DE BONHEUR !!
SERRE !
JE NE VEUX PLUS ...
QUE TU T'ÉLOIGNES DE MOI ... !

SALLE AUDIOVISUELLE
DRIIING
DRIIING
TCHAC
C'EST TOUT POUR AUJOURD'HUI !
VOUS AVEZ JUSQU'À LA PROCHAINE SÉANCE POUR COMPLÉTER LES POLYCOPIÉS !
BLA
BLA
SERI ?
ON RETOURNE EN SALLE DE COURS !
BABOM

AH... OUI...
MAIS AVANT IL FAUT QUE J'AILLE AUX TOILETTES !
... ?
BLA BLA
TOP
TA COPINE, ELLE EST VRAIMENT TROP FACILE À EXCITER !
KÔ...
NE T'APPROCHE PAS !
IMPOSSIBLE !
MOI AUSSI, J'AI BESOIN D'ALLER AUX TOILETTES !

IL FAUT QUE JE ME DÉPÊCHE DE LAVER ...
CETTE MAIN QUE J'AI SALIE SINON ...
NON... C'EST PAS VRAI...
BABOM
DZZZZ
SNIF ...
SNIF ...
QUOI ? TU AS CRU QUE PENDANT LES COURS ELLE NE CRAIGNAIT RIEN ?
... QU'EST-CE QUE TU PEUX ÊTRE NAÏF !

ESPÈCE DE...
BOM
... VAS-Y, FRAPPE-MOI !
PFFF
MAIS PRÉPARE-TOI À CE QUE TOUT LE MONDE APPRENNE CE QUI SE PASSE !
ET QUAND CE SERA LE CAS, TOUS VOS EFFORTS SERONT ANÉANTIS !
ARGH
ARGH
TON EN-TRAÎNEMENT INTENSIF DE KARATÉ ...
L'ADMIS-SION DE TA COPINE ...
BREF, ON CROIRA QU'ELLE NE S'EST INSCRITE QUE POUR SE FAIRE PRENDRE PAR LES MECS ...
VLAM
?!

TA GUEULE !!
PEU IMPORTE CE QUE TU DIRAS ...
EN CET INSTANT MÊME, JE N'AI QU'UNE CHOSE À FAIRE !
TU VAS CREVER !
WOUAAAH

SERI... !
... JE VOIS QUE VOUS ENTENDEZ ENCORE TRÈS BIEN !
JE SUIS CONTENT CAR ÇA ME MOTIVE ENCORE PLUS !
HI
HI

... C'EST RAGEANT MAIS ...
IL A RAISON !
TON ENTRAÎNEMENT INTENSIF ...
MON ADMISSION ...
ON NE VA PAS TOUT GÂCHER À CAUSE D'UN PAUVRE TYPE COMME LUI !!
fixtures.
EN TOUT CAS, JE SUIS VRAIMENT TRÈS CONTENTE !
MERCI !
ÇA M'A FAIT BEAUCOUP DE BIEN ...
DE VOIR SON VISAGE CRISPÉ PAR LA PEUR !
HA HA HA
ON Y VA !
... OUAIS MAIS ...
J'AI L'IMPRESSION DE NE PAS POUVOIR TE PROTÉGER !

VLAN
... MERDE ...
COMMENT DOIS-JE M'Y PRENDRE ...
"À TON AVIS, QUE SONT-ILS EN TRAIN DE FAIRE TOUS LES DEUX ?"
"IL TE SUFFIT D'ALLER DANS LE BUREAU DU DIRECTEUR POUR LE DÉCOUVRIR !"
2 — IV

EN VOYANT TA TÊTE, ON DIRAIT QUE TA PETITE AMIE ...
... T'A FINALEMENT PLAQUÉE !
NON...
ON N'Y PEUT RIEN !
IL EST VRAIMENT TROP DOUÉ POUR LE SEXE !
SI TU SAIS QUELQUE CHOSE SUR KÔ, DIS-LE MOI ...
S'IL TE PLAÎT !
MÊME SI JE TE RACONTE TOUT, C'EST TROP TARD MAINTENANT !
NON, VAS-Y, JE T'ÉCOUTE !
MAIS RASSURE-TOI...
CAR TU NE SERAS PAS LE SEUL À SOUFFRIR !
PARCE QUE KÔ, IL NE CHERCHE QU'À S'AMUSER !

8

MON DÉMÉNAGEMENT

DANS LE VOLUME 3, JE VOUS AVAIS RACONTÉ QUE MA DEMANDE POUR UN NOUVEAU LOGEMENT ÉTAIT EN ATTENTE... EH BIEN, SACHEZ QUE MAINTENANT J'HABITE JUSTEMENT DANS CE LOGEMENT ! ET JUSQU'À PRÉSENT, JE N'AI EU AUCUN PROBLÈME !! JE SUIS VRAIMENT TRÈS HEUREUSE D'AVOIR PU DÉMÉNAGER !!
MAIS BON, POUR CE QUI EST DE POUVOIR PROFITER PLEINEMENT DE MA BAIGNOIRE, SACHEZ QUE DEPUIS QUE JE SUIS LÀ (ÇA A ÉTÉ PAREIL DANS MON ANCIEN APPARTEMENT), JE NE ME SUIS PAS ENCORE PRÉLASSÉE UNE SEULE FOIS DEDANS ! ÇA DOIT BIEN FAIRE UN AN QUE JE N'AI PAS PRIS DE BAIN ! N'AYANT PAS LE TEMPS, TOUS LES JOURS, JE ME CONTENTE D'UNE DOUCHE !! J'AIMERAIS TANT POUVOIR PRENDRE MON TEMPS ET ME PRÉLASSER DANS MON BAIN... ! DERNIÈREMENT, J'AI DÛ PASSER 6 JOURS À LA RÉDACTION DONC J'EN AI PROFITÉ POUR ALLER AUX BAINS PUBLICS QUI SE TROUVENT JUSTE À CÔTÉ ! JE SUIS QUAND MÊME UNE FILLE...
AVEC LA PARUTION DE MON HISTOIRE SPÉCIALE EN 50 PAGES, MON EMPLOI DU TEMPS N'A JAMAIS ÉTÉ AUSSI CHARGÉ ET J'AI L'IMPRESSION QUE JE VAIS PÉTER UN CÂBLE... JE M'ÉNERVE POUR UN RIEN ET PARFOIS J'AI L'IMPRESSION QUE JE SUIS À DEUX DOIGTS D'ENGUEULER MON RESPONSABLE ! HA HA HA...
LA PROCHAINE FOIS QUE JE ME RETROUVERAI AVEC UN TEL EMPLOI DU TEMPS, J'ESPÈRE POUVOIR GÉRER LES CHOSES MIEUX QUE MAINTENANT ! JE SUIS VRAIMENT DÉSOLÉE POUR TOUTE LA GÊNE QUE JE VOUS CAUSE À TOUS !

COMME MON EMPLOI DU TEMPS EST EN TRAIN DE REVENIR À LA NORMALE, J'AI ENVIE DE FAIRE UN PEU DE RANGEMENT CHEZ MOI !! AU FAIT, JE N'AI TOUJOURS PAS ACHETÉ D'ORDINATEUR !!

JE CROIS QUE JE VAIS RECOMMENCER À FRÉQUENTER LE DOJO...
VIENS PLUS ME DÉFIER !
C'EST PAS VRAI ! TU VERRAS LA PROCHAINE FOIS !
COMME JE LE FAISAIS AUPARAVANT !
IL EST TROP CRAQUANT !
...!
TIENS AU FAIT ...
20 MINUTES DE PAUSE !
OK !
TAMAKI !

QU'Y A-T-IL SERI ?
VIENS...
VIENS !
REGAR-DE !
JE ME SUIS SOUVENUE QU'IL Y A QUELQUES ANNÉES, NOUS LES FILLES DU DOJO, NOUS NOUS ÉTIONS REGROUPÉES ET...
MIKO YOSHI
SERI TAMAKI
NOUS AVIONS GRAVÉ LES NOMS DES GARÇONS DONT NOUS ÉTIONS AMOUREUSES !
KEN LOVE HARUKA

ON DIT SOUVENT QU'UN PREMIER AMOUR NE DURE JAMAIS ...
ET JE PENSAIS DONC VRAIMENT QUE CE SERAIT LE CAS MAIS ...
POURQUOI JE ROUGIS ?
C'ÉTAIT FAUX PUISQUE NOTRE AMOUR S'EST COMPLÈTEMENT ÉPANOUI !!
...
MES RÊVES N'ONT PAS CHANGÉ ...
ILS SONT RESTÉS LES MÊMES DEPUIS CETTE ÉPOQUE !
... LESQUELS ?
NON DÉSOLÉE, JE RACONTE N'IMPORTE QUOI !!
FAIS COMME SI TU N'AVAIS RIEN ENTENDU !!
KAAAAH
TU ME L'AS DIT DE TOI-MÊME ... ?
DEVENIR TA FEMME ET PRENDRE LA SUCCESSION DU DOJO AVEC TOI...
HA...
... BEN ...
C'EST PARCE QUE ...

TU NE VAS PAS PRÉVENIR LA POLICE ...
N'EST-CE PAS ?
... D'ACCORD ...
JE NE LE FERAI PAS !

ON DIRAIT ...
PRESQUE DES FIANÇAILLES !
DRIIING
DRIIING
TOP
SERI !
CE SERAIT EMBARRASSANT SI TU NE VENAIS PAS ...
À LA RÉUNION DES DÉLÉGUÉS AUJOURD'HUI !

ALLEZ DÉPÊCHONS-NOUS !
TAMA...
PAF
BON BEN, JE COMMENCE À EN AVOIR MARRE !
DÉJÀ QU'AVEC MES ENTRAÎNEMENTS, C'EST DIFFICILE ...
TAMA... KI... ?
FAIS CE QUE TU VEUX DÉSORMAIS !
SERI...
J'AI DÉCIDÉ DE TE QUITTER !

COURAGE SORA ②

9

ET VOILÀ, SERI SE FAIT LARGUER ! JE ME SUIS DIT QUE C'ÉTAIT L'ÉPREUVE LA PLUS DIFFICILE POUR NOTRE HÉROÏNE ! POUR UNE FOIS, IL Y A BEAUCOUP DE MONOLOGUES DANS CE CHAPITRE ! CE N'EST PAS MON FORT, C'EST POUR ÇA QUE D'HABITUDE, JE FAIS TOUJOURS TRÈS COURT !
LE DESSIN QUI M'A ÉTÉ LE PLUS DIFFICILE À FAIRE A ÉTÉ CELUI DU VISAGE DE SERI QUAND TAMAKI LUI DIT DE NE PLUS S'APPROCHER DE LUI !! JE DEVAIS LA DESSINER AVEC UN PETIT SOURIRE MAIS AUSSI AVEC UN VISAGE AU BORD DES LARMES ! TOUT DANS CE CHAPITRE EST ASSEZ TRISTE ! LES PAUVRES ! TAMAKI ÉTAIT POUR ELLE UN PETIT AMI MAIS AUSSI UN AMI D'ENFANCE DONC EN LE PERDANT, ELLE NE SAIT PLUS SI ELLE VA POUVOIR TENIR LE COUP OU PAS... ! JE CONNAIS PARFAITEMENT CE GENRE DE SITUATION POUR L'AVOIR VÉCUE DONC C'EST EN ME REMÉMORANT MA PROPRE EXPÉRIENCE QUE J'AI DESSINÉ CE CHAPITRE ! JAMAIS JE N'AURAI CRU QU'UNE EXPÉRIENCE AUSSI DURE PUISSE UN JOUR ME SERVIR... (RIRES JAUNES) C'EST VRAIMENT CHARMANT D'ÊTRE MANGAKA !

"SERI... J'AI DÉCIDÉ DE TE QUITTER !"
...

SI C'EST COMME ÇA, JE VAIS ENFIN POUVOIR FAIRE CE DONT J'AI ENVIE !
EN PLUS, ON A PAS MAL DE TEMPS AVANT QUE LA RÉUNION NE COMMENCE !
AUJOURD'HUI, ON VA FAIRE ÇA SUR LE TOIT !
TAP

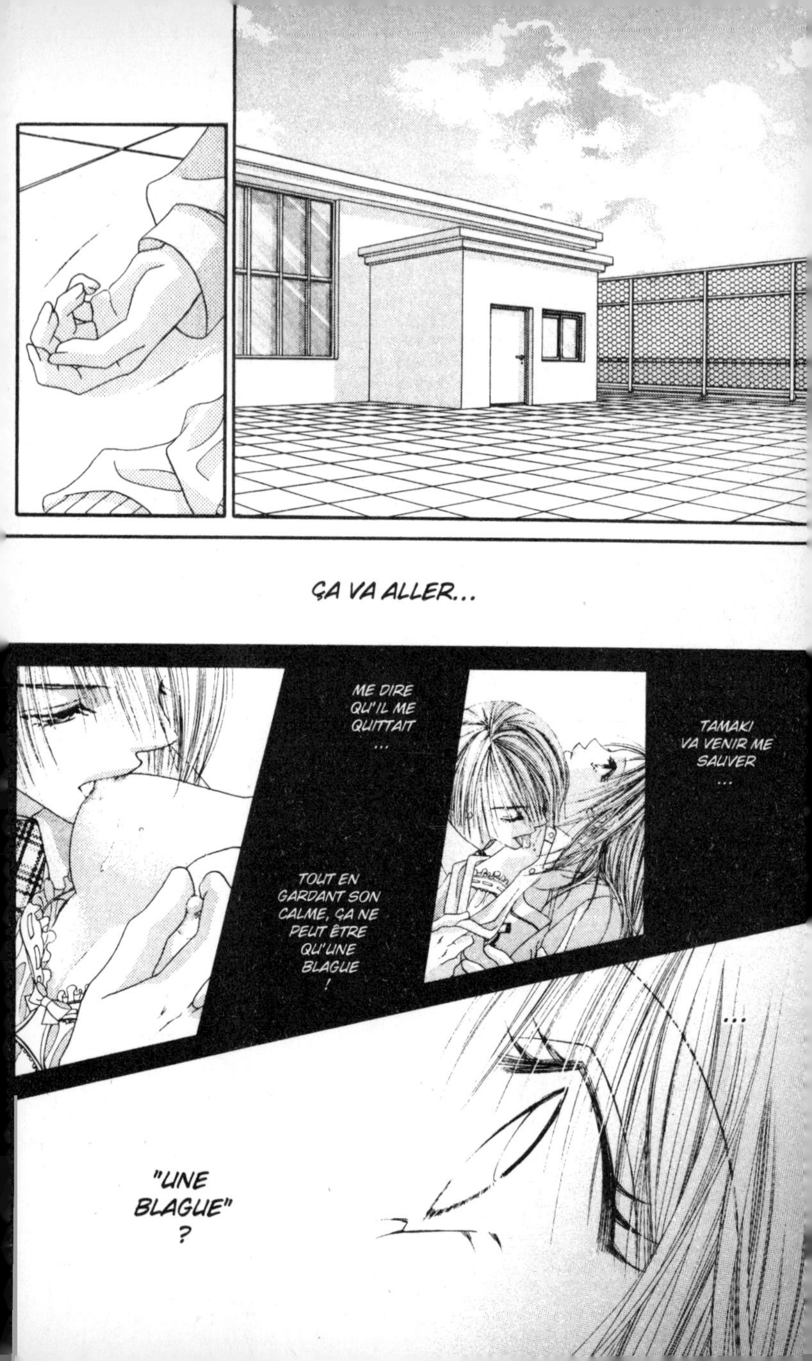
ÇA VA ALLER...
TAMAKI VA VENIR ME SAUVER ...
ME DIRE QU'IL ME QUITTAIT ...
TOUT EN GARDANT SON CALME, ÇA NE PEUT ÊTRE QU'UNE BLAGUE !
...
"UNE BLAGUE" ?

JE NE L'IMAGINE PAS FAIRE CE GENRE DE BLAGUES !
TOUT GENTIL COMME JE SUIS, JE LUI AI INDIQUÉ LE LIEU ET POURTANT ...
PAS UN SEUL SIGNE DE SA PRÉSENCE !
ON DIRAIT VRAIMENT QU'IL A DÉCIDÉ DE TE QUITTER !
BIEN, C'EST DONC NOTRE DERNIÈRE FOIS À NOUS AUSSI !
DWIST
...
HA ... !

SLURP
HA...
HAN...
HAN...
ARRÊTE !!

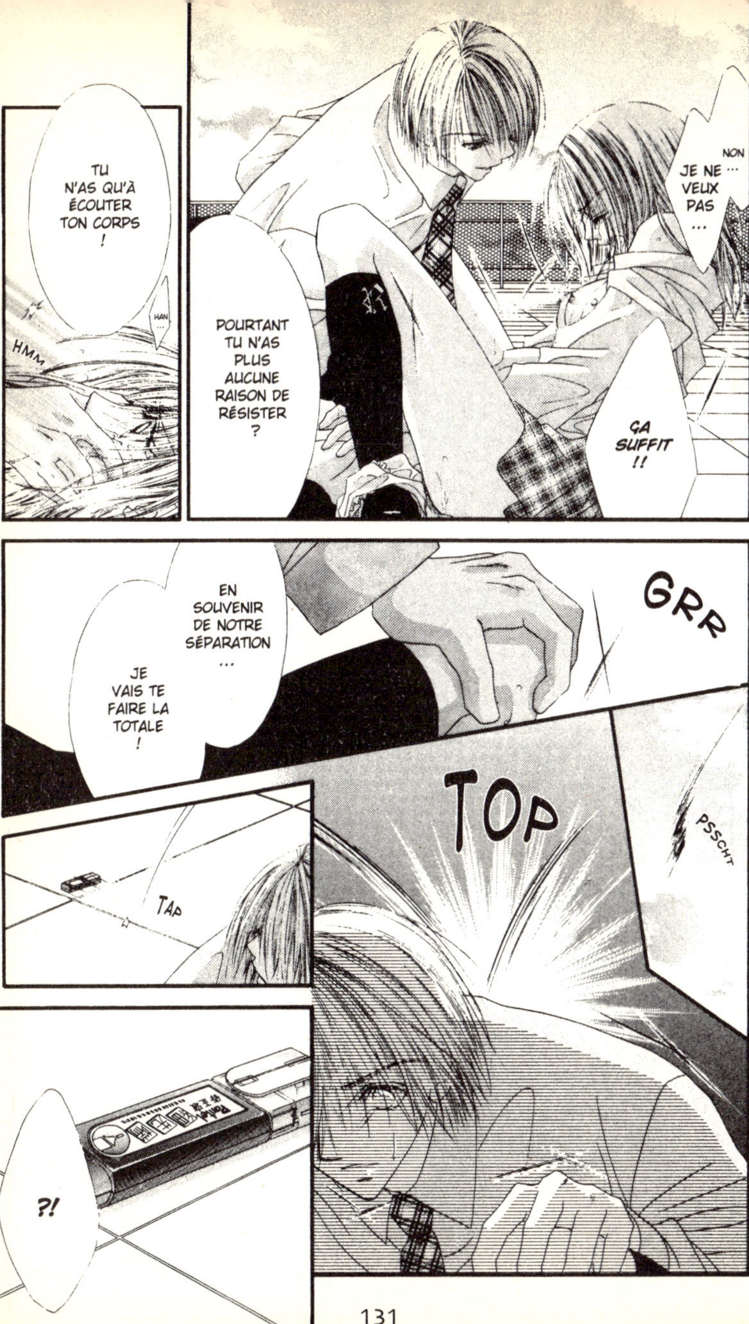
NON ... JE NE VEUX PAS ...
POURTANT TU N'AS PLUS AUCUNE RAISON DE RÉSISTER ?
ÇA SUFFIT !!
TU N'AS QU'À ÉCOUTER TON CORPS !
HAN ...
HMM
GRR
EN SOUVENIR DE NOTRE SÉPARATION ...
JE VAIS TE FAIRE LA TOTALE !
PSSCHT
TOP
TAP
?!

SNIF ...
SNIF ...
JE NE VEUX PAS ...
NGG ...
... QUE TU EFFACES DAVANTAGE LA SENSATION QUE J'AI DE TAMAKI ... !!
JE T'EN SUPPLIE ...

SI CETTE SENSATION VENAIT À DISPARAÎTRE ...
PLUS JAMAIS JE NE POURRAIS LA RETROUVER !!
TAMA... KI...
SNIF
TAMAKI ...
SNIF
TAMAKIIII ...
SNIF
DÉSORMAIS, JE TE LAISSERAI TRANQUILLE ...
PUISQUE J'EN AI FINI AVEC TOI !!

BOM
...
POURQUOI MÊME DANS CETTE SITUATION...
FAUT-IL QUE MON CORPS RÉAGISSE ... ?
PLOC
APRÈS TOUT ...
C'EST NORMAL QU'IL ME DÉTESTE !
GRRH
SERI...

"CE QUE CHERCHE KÔ, C'EST SIMPLEMENT À SÉPARER LES COUPLES …
ET UNE FOIS QU'IL A RÉUSSI, IL NE S'INTÉRESSE PLUS À LA FILLE !"
ATTENDS ENCORE UN PEU …
JE T'EN SUPPLIE !
… SERI !
SEEERIII !!
TSCHHH
TU SAIS DEPUIS QUELLE HEURE TU ES LÀ-DEDANS ?
J'AIMERAIS BIEN POUVOIR PRENDRE UNE DOUCHE … !
TSCHHH
…

HÉ, TU VOU-DRAIS PAS M'OUVRIR ?!
CLAC
TU POURRAIS AU MOINS ME RÉPONDRE QUAND ...
KRSH
KRSH
KRSH
KRSH
KRSH
... AH ...
MAIS QU'EST-CE QUE TU FABRIQUES ?!
... SI JE ME LAVE ...
MAMAN, VIENS !
SI JE ME LAVE, SÛREMENT QUE...

BONJOUR ... TAMAKI !
SERI ... TU SAIS, NOUS ...
GRRH
MAIS... C'EST QUOI TOUT ÇA ... ?!
TU SAIS, TOUS LES ENDROITS OÙ IL M'A TOUCHÉE ...
JE LES AI NETTOYÉS BIEN COMME IL FAUT !
ÇA ME PIQUE UN PEU MAIS BON ...

DONC, MAINTENANT, JE NE SUIS PLUS SALE !
ET PUIS...
JE VAIS FAIRE ATTENTION DE NE PAS TE DÉRANGER PENDANT TON ENTRAÎNEMENT DE KARATÉ !
GRRH
DANS CES CONDITIONS, TU VEUX BIEN REVE-NIR SUR TA DÉCISION ... ?
CE QUE TU FAIS EN CE MOMENT, C'EST LE GENRE DE CHOSES QUI ME GÊNENT ...
ALORS, NE T'APPROCHE PLUS DE MOI !!

NA-GAKU-RA !
POURQUOI NE VIENT-ELLE PAS AUX COURS ?!
ELLE EST MOTIVÉE OU QUOI ?
CREATIVE WORK
NAGAKURA, TU AS ENCORE ÉTÉ LA PLUS MAUVAISE DE TOUTE LA CLASSE !
JE ME DEMANDE VRAIMENT COMMENT TU AS FAIT POUR RÉUSSIR LE TEST D'ADMISSION !!
ON VA À LA CANTINE ?
BLA BLA
BLA
PASSE-MOI TON CAHIER, S'TE PLAÎT !

MAIS…
QU'EST-CE QUE JE FAIS ICI … ?

10

ULTRA THANKS

- ★ MLLE HARUHI NAGASE
- ★ MLLE RUKA MANA
- ★ MLLE MASAKO SHISHIDO
- ★ MLLE KOTOBUKI ATSUTA
- ★ MON RESPONSABLE, M. TANAKA
- ★ MON DESIGNER, MLLE KAE MUROBUSHI
- ★ MA FAMILLE
- ☆ ET VOUS TOUS, TRÈS CHERS LECTEURS

MERCI BEAUCOUP POUR TOUTES VOS LETTRES ! ELLES ME TOUCHENT VRAIMENT BEAUCOUP... MÊME SI JE N'AI PAS TOUJOURS LE TEMPS D'Y RÉPONDRE ! MALGRÉ TOUT, JE COMPTE SUR VOUS POUR ME DONNER VOS OPINIONS, VOS CONSEILS ! ALORS ÉCRIVEZ-MOI !!

↓ ↓ ↓

ATTENDEZ-VOUS À UNE GRANDE SURPRISE DANS LE VOLUME 5 ALORS À TRÈS BIENTÔT !!

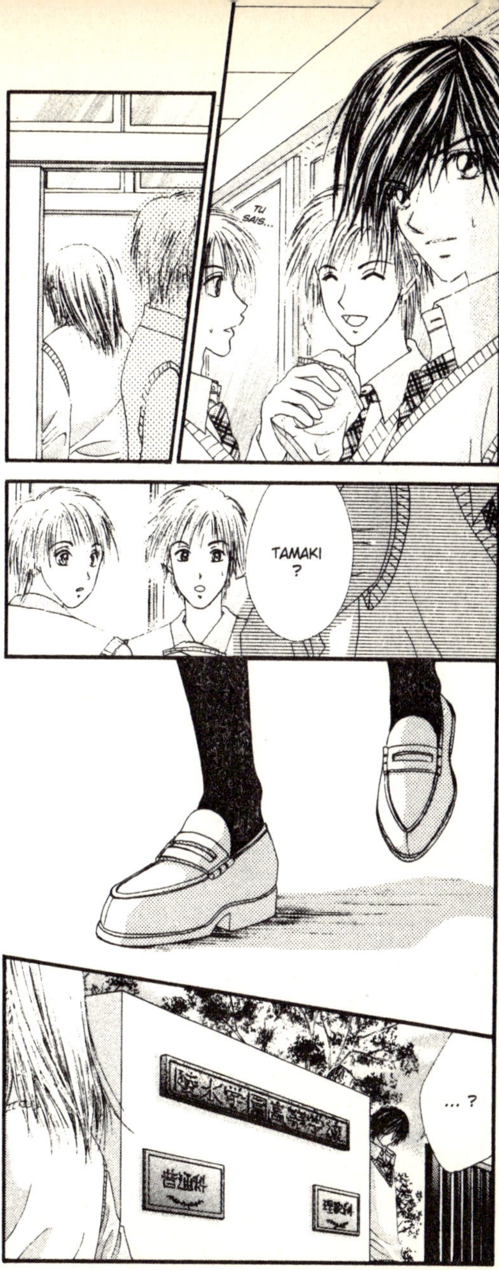

... SERI-CHAN ?
SORA...
ÇA FAISAIT UN MOMENT !
QUE VIENS-TU FAIRE LÀ ?
ALORS C'ÉTAIT BIEN VRAI, TU T'ES INSCRITE EN SECTION SCIENTIFIQUE ?
TON NŒUD EST DIFFÉRENT ! ÇA TE DONNE L'AIR INTELLO !
TU AS FAIT ÇA POUR NE PAS ÊTRE SÉPARÉE DE TON TAMAKI, N'EST-CE PAS ?
AU FAIT, COMMENT VA-T-IL ?
BABOM

TOUT VA BIEN ENTRE VOUS ?
... MA QUESTION EST STUPIDE !
NON... JE ME SUIS FAITE ...
PLAQ ...
"JE ME SUIS FAITE PLAQUÉE"
SERI ...
JE NE PEUX PAS LUI DIRE ...
LA VÉRITÉ !
OUIIIN
MOI-MÊME, JE NE L'ACCEPTE PAS !

SI J'ÉTAIS RESTÉE EN SECTION GÉNÉRALE ...
JE N'AURAIS PAS RENCONTRÉ KÔ...
ET SÛREMENT QU'À L'HEURE ACTUELLE
RIEN N'AURAIT CHANGÉ ENTRE TAMAKI ET MOI !
JE VEUX REVENIR EN SECTION GÉNÉRALE !!

*AU JAPON, AVANT DE RENTRER DANS L'ÉCOLE, LES ÉLÈVES CHAUSSENT DES CHAUSSURES RÉSERVÉES À L'INTÉRIEUR DU BÂTIMENT, NDT.

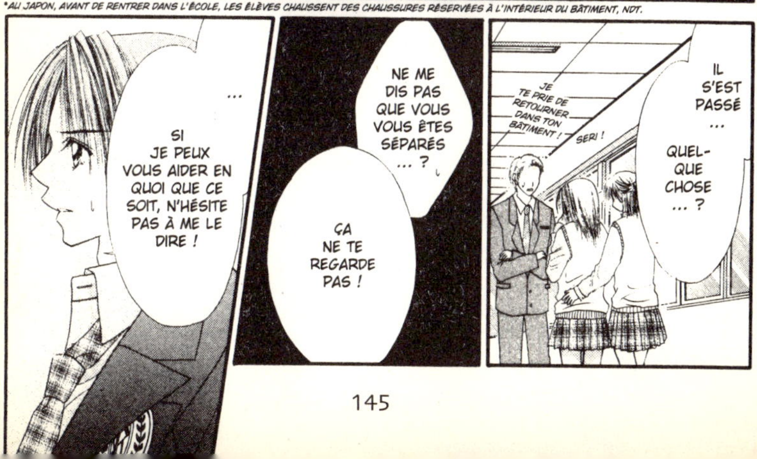

J'AIMERAIS POUVOIR ME FAIRE PARDONNER POUR..
TOI AUSSI, TU AS L'AIR FATIGUÉ ...
JE N'AI PAS BE-SOIN DE TON AIDE !!
C'EST MOI QUI PROTÉGERAI SERI !!

BUREAU DU PROVISEUR ADJOINT
AAH
SCRAAF......
HA... HAN...
MONSIEUR LE PROVISEUR ADJOINT... AVANT TOUT IL VAUDRAIT MIEUX DISCUTER DE... VOTRE AFFAIRE ...
HAN...
MAIS QU'EST-CE QUE TU RACONTES ... ?
TU ES DÉJÀ TOUTE EXCITÉE ... !
SLUPS
HA... HA...
SLUPS
SLUPS
HAAAAAA !

TAP
TU POURRAIS AU MOINS VÉRIFIER QUE JE NE SUIS PAS LÀ AVANT DE COMMENCER !
SLURPS
SLURPS
KÔ !
TU NE VEUX PAS NOUS REJOINDRE ?
CLAC
... PAPA ...
JE POURRAIS SAVOIR QUAND EST-CE QUE TU COMPTES PASSER À LA MAISON ?
SLURPS
SLURPS
SLURPS
... EH BIEN ...
DÈS QUE J'AURAIS UNE RAISON VALABLE DE LE FAIRE !
HAAAN
HA ...
HA ...
... TOUT D'ABORD ...

SI JE RENTRE TROP SOU-VENT ...
LA SITUATION SERA ALORS TENDUE ENTRE TA MÈRE ET LES DOMESTIQUES, NON ? !
... C'EST VRAI ...
HA ... HA ...
BADAM
HAAAA ...
TU AS RAISON ...
HA !
ALLEZ-Y, PLUS FORT !!
OUI !
早坂道場

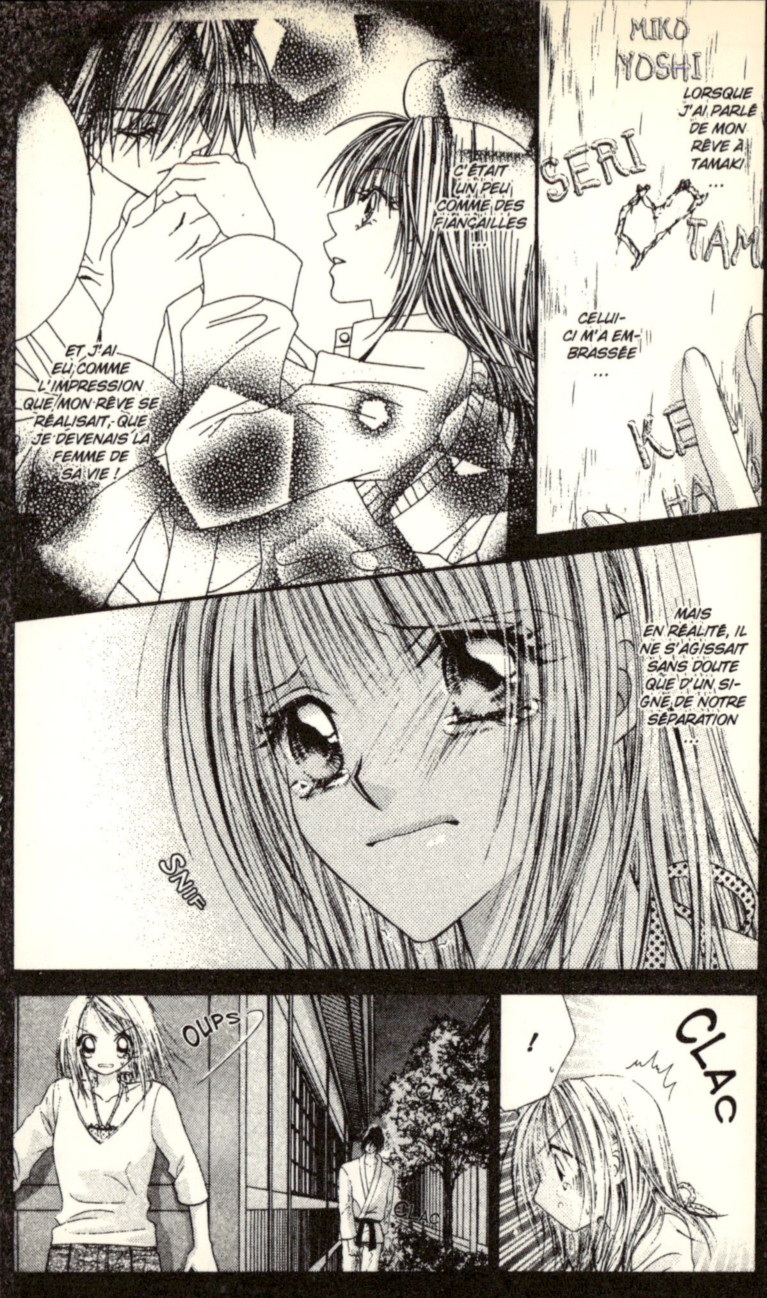
MIKO
YOSHI
LORSQUE J'AI PARLÉ DE MON RÊVE À TAMAKI ...
SERI
CELUI-CI M'A EMBRASSÉE ...
C'ÉTAIT UN PEU COMME DES FIANÇAILLES ...
ET J'AI EU COMME L'IMPRESSION QUE MON RÊVE SE RÉALISAIT, QUE JE DEVENAIS LA FEMME DE SA VIE !
MAIS EN RÉALITÉ, IL NE S'AGISSAIT SANS DOUTE QUE D'UN SIGNE DE NOTRE SÉPARATION ...
SNIF
CLAC CLAC
!
CLAC
CLAC
OUPS

* TERME QUI DÉSIGNE QUELQU'UN QUI EST DEPUIS PLUS LONGTEMPS QUE SOIT DANS UNE INSTITUTION COMME UNE ÉCOLE OU ICI LE CLUB DE KARATÉ, NDE.

BLA BLA
CES DERNIERS TEMPS, VOUS N'AVEZ PAS ARRÊTÉ D'ÊTRE EN RETARD ET...
LES ENTRAÎNEMENTS SONT DE PLUS EN PLUS LONGS ET DE PLUS EN PLUS DIFFICILES !
EN PLUS, VOUS NE FAITES QUE PERDRE !
BLA BLA
TAIS-TOI UN PEU !
ÊTRE EN RETARD ... ?
IL S'EST PASSÉ QUELQUE CHOSE ... ?
HA...
... ÇA NE SERT PLUS À RIEN ...
DE S'INQUIÉTER COMME AUPARAVANT ...
JE FERAIS MIEUX DE RENTRER !
ON DIRAIT QUE JE L'ÉPIE !
NON MAIS !

SERI
TAMAKI
QUOI QU'IL ARRIVE, TON RÊVE SE RÉALISERA !
KEN
LOVE
À SUIVRE...

L'amour à tout prix HISTOIRE SPÉCIALE ~ ENGAGE ~

SERI !
C'EST TA GRANDE SŒUR QUI TE LE DEMANDE !!
BAM
J'AIMERAIS QUE TU SURVEILLES MON COPAIN POUR VOIR S'IL ME TROMPE !!
HEIN ?!
L'Amour à tout Prix
Histoire Spéciale

L'Amour
à tout Prix
Histoire
Spéciale

it's king of kings great Hokuto Shinken of "Kenshiro" make hi
Althouth king of Nanto S
such a go
a long long ago
shopping in New York Chicago New
as such mane
New York Chic
orlins Los,
the PIANO very horty seen reaso
life not as LC
when then importer type and such as such maneger

TON COPAIN ...
TU VEUX PARLER DE KAITÔ ?
BADAM
OUI !!
CES DERNIERS TEMPS, MÊME PENDANT SES JOURS DE CONGÉS, IL REFUSE DE PASSER TOUTE LA JOURNÉE AVEC MOI !
SOUS PRÉTEXTE QU'IL A DES CHOSES À FAIRE !!
MAIS IL NE ME DONNE AUCUNE RÉPONSE PRÉCISE QUAND JE LUI DEMANDE DE QUEL GENRE DE CHOSES IL S'AGIT !
ET SI JE LE HARCÈLE TROP, IL S'ÉNERVE ET ME DEMANDE DE LUI FAIRE UN PEU PLUS CONFIANCE !!
UNE DE MES AMIES ME DIT L'AVOIR VU AVEC UNE AUTRE FILLE !!
HEIN...

C'EST AFFREUX !
TU NE DOIS PAS LA CROIRE !!
N'EST-CE PAS ?!
LAISSE-MOI FAIRE, JE M'EN OCCUPE !!
POURQUOI FAUT-IL QUE JE T'ACCOMPAGNE...
POUR FAIRE CE GENRE DE TRUC DE TRÈS MAUVAIS GOÛT ?!
ÇA SUFFIT, TAMAKI !!
C'EST POUR LE BIEN DE MA GRANDE SŒUR !!

AH... SENA...
DÉSOLÉE DE VOUS AVOIR FAIT ATTEN-DRE !
TIENS ?
TAMA !
EH BIEN, ÇA FAISAIT UN PETIT MOMENT DÉJÀ !
TU ES DEVENU UN VRAI JEUNE HOMME !!
TAP TAP TAP
SERI EST VRAIMENT MÉCHANTE, ELLE NE T'EMMÈNE JAMAIS À LA MAISON !
LES BLESSURES QUE TU LUI AS FAITES AU KARATÉ SONT ENFIN GUÉRIES !!
C'EST BIEN, C'EST BIEN !
GRRH
GRANDE SŒUR !
HEIN ?

BONJOUR SENA !
JE VOIS QUE DEPUIS NOTRE DERNIÈRE RENCONTRE ...
TU T'ES MISE À TE MAQUILLER DE PLUS EN PLUS !
PINCE
C'EST BIEN CETTE BOUCHE ...
QUI VIENT DE DIRE QUELQUE CHOSE DE PAS TRÈS GENTIL ? HEIN?
RE-PINCE
HÉ, GRANDE SŒUR ...
ON FERAIT MIEUX D'Y ALLER, NON ?!
AH MAIS OUI, IL EST DÉJÀ TARD !!
VOILÀ POURQUOI JE NE VOULAIS PAS VENIR !!
TIENS, VOILÀ LE PLAN POUR ALLER JUSQUE CHEZ KAITÔ !
TU LE RECONNAÎTRAS, N'EST-CE PAS SERI ?

BIEN, JE COMPTE SUR VOUS !
TAMA, NE FAIS PAS DE GAFFE !!
HÉ... MAIS OÙ EST-CE QU'ELLE VA ?
ELLE VA JOUER AU TENNIS AVEC DES AMIS DE FAC À KARUIZAWA !
QUOI ?!
CE SERAIT PAS UN PEU TROP FACILE POUR ELLE ?!
MOI, JE RENTRE !
ELLE ESSAIE SEULEMENT DE DISSIPER SES INQUIÉTUDES !!
ATTENDS...
...
SI ON RÉUSSIT...
MA GRANDE SŒUR NOUS OFFRIRA L'HÔTEL !!
POUR UNE NUIT ENTIÈRE EN PLUS !

BIEN, ON A PAS LE CHOIX …
IL FAUT BIEN S'ENTRAI-DER !
MERCI POUR TA SOLLICI-TUDE !
JE ME DEMANDE S'IL VA SORTIR UN JOUR ?
NON… SI ÇA SE TROUVE, IL EST DÉJÀ SORTI ?!
ILA
NARCOTHI
2000.

HEIN ?!
ATTENDS …
ON GÂCHE NOTRE TEMPS À NE FAIRE QU'ATTENDRE !
OUI MAIS C'EST PAS UNE RAISON POUR … …
HA…
IL SORT !!
ON Y VA TAMAKI !!
BOM

Megumi
PLUS VITE !
SLUUUURPS
ON DIRAIT QU'IL A UN RENDEZ-VOUS ...
UNE FEMME ...

BABOM
C'EST PAS VRAI... ALORS IL LA TROMPE VRAIMENT ... ?!
BABOM
IL NE LA TROMPE PAS !
ET COMMENT TU PEUX LE SAVOIR ?!
... !

NON MAIS ...
CE N'EST NI L'ENDROIT NI LE MOMENT POUR FAIRE ÇA...
AH BON ... ?
ET POURTANT ...
TU ES DÉJÀ TOUTE EXCITÉE !
DWIST
AAAH
...
TU M'EM-PÊCHES DE ME CONCEN-TRER ...
HA ...
...
...
...
JE N'ARRIVE PAS À EN-TENDRE CE QU'ILS SE DISENT ...
HAN ...
HA ... !

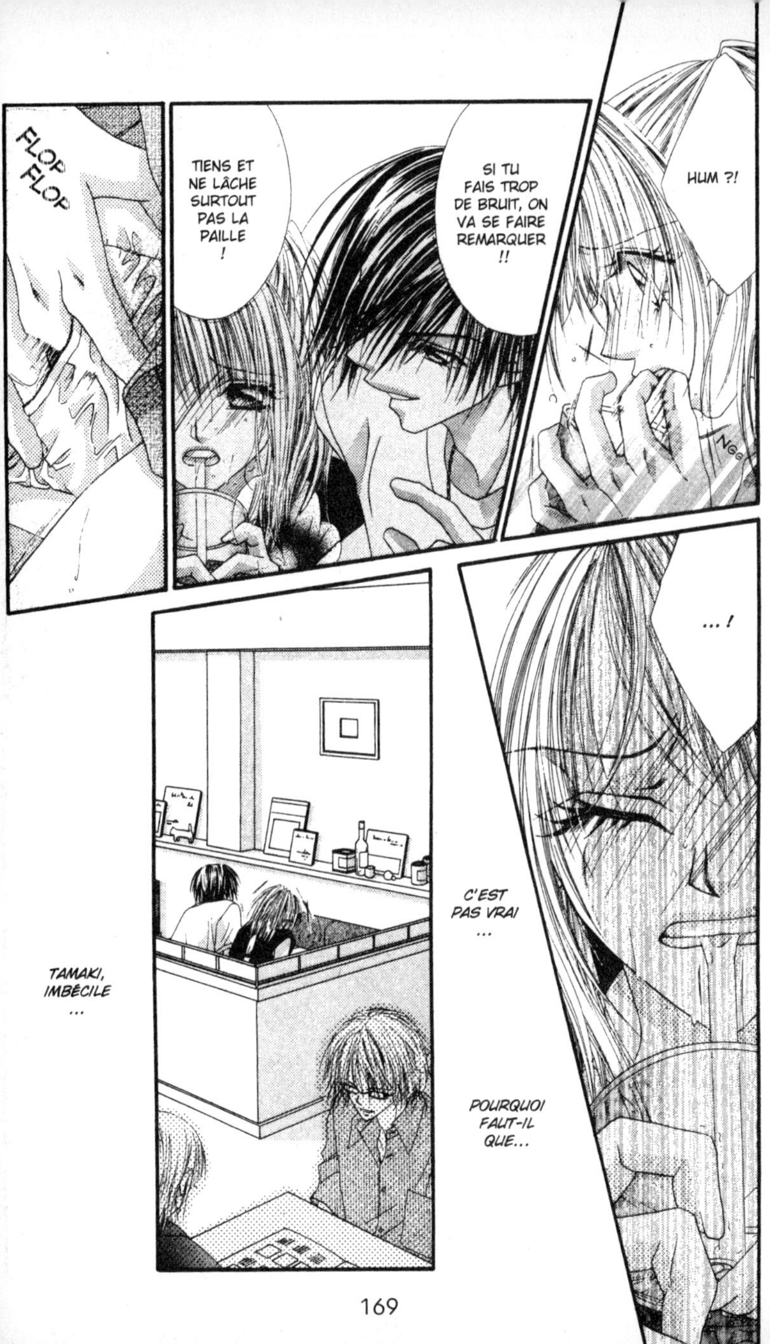
HUM ?!
SI TU FAIS TROP DE BRUIT, ON VA SE FAIRE REMARQUER !!
TIENS ET NE LÂCHE SURTOUT PAS LA PAILLE !
FLOP FLOP
... !
C'EST PAS VRAI ...
POURQUOI FAUT-IL QUE...
TAMAKI, IMBÉCILE ...

JE N'ARRIVE PLUS... À PENSER À QUOI QUE CE SOIT ...

ALORS COMME ÇA, C'ÉTAIT BON ?
T'ES VRAIMENT ... PAS GENTIL ...
HUM
HUM
ET KAITÔ ... ?
!!!
AH !
MERCI BEAUCOUP !
ILA NARCOTHIC 2000.

HÉ
AH, ON A DE LA CHANCE ...
WOUAH ! GRANDE SŒUR, ELLE EST VRAIMENT TROP BELLE TA BAGUE !!

TU EN AS DE LA CHANCE ! C'EST UN CADEAU DE TON COPAIN ?
ET OUI !
TIENS ? POURQUOI TU NE L'AS PAS MISE À LA MAIN GAUCHE ?
CETTE BAGUE ...
ELLE RESTERA LÀ TANT QU'IL NE M'AURA PAS PROPOSÉ DE NOUS FIANCER !
DONC POUR L'INSTANT, ELLE EST SUR MA MAIN DROITE !
GRR
GRR
GRR

TAP
HÉ !
TU COMPTES FAIRE QUOI ?!
LÂCHE-MOI...
JE NE ME SERAI PAS CALMÉE TANT QUE JE NE LUI AURAI PAS MIS MON POING DANS LA FIGURE !
COMMENT OSE-T-IL FAIRE ÇA À MA GRANDE SŒUR... ?!
... TU M'ÉCOUTES OU QUOI ?
JE CROYAIS TE L'AVOIR DIT TOUT À L'HEURE...
IL N'EST PAS EN TRAIN DE LA TROMPER !
HEIN ?
COMMENT PEUX-TU CONTINUER À PENSER ÇA APRÈS CE QUI VIENT DE SE PASSER ?!
LÂCHE-MOI IMBÉCILE !!
T'ES TROP NUL !!

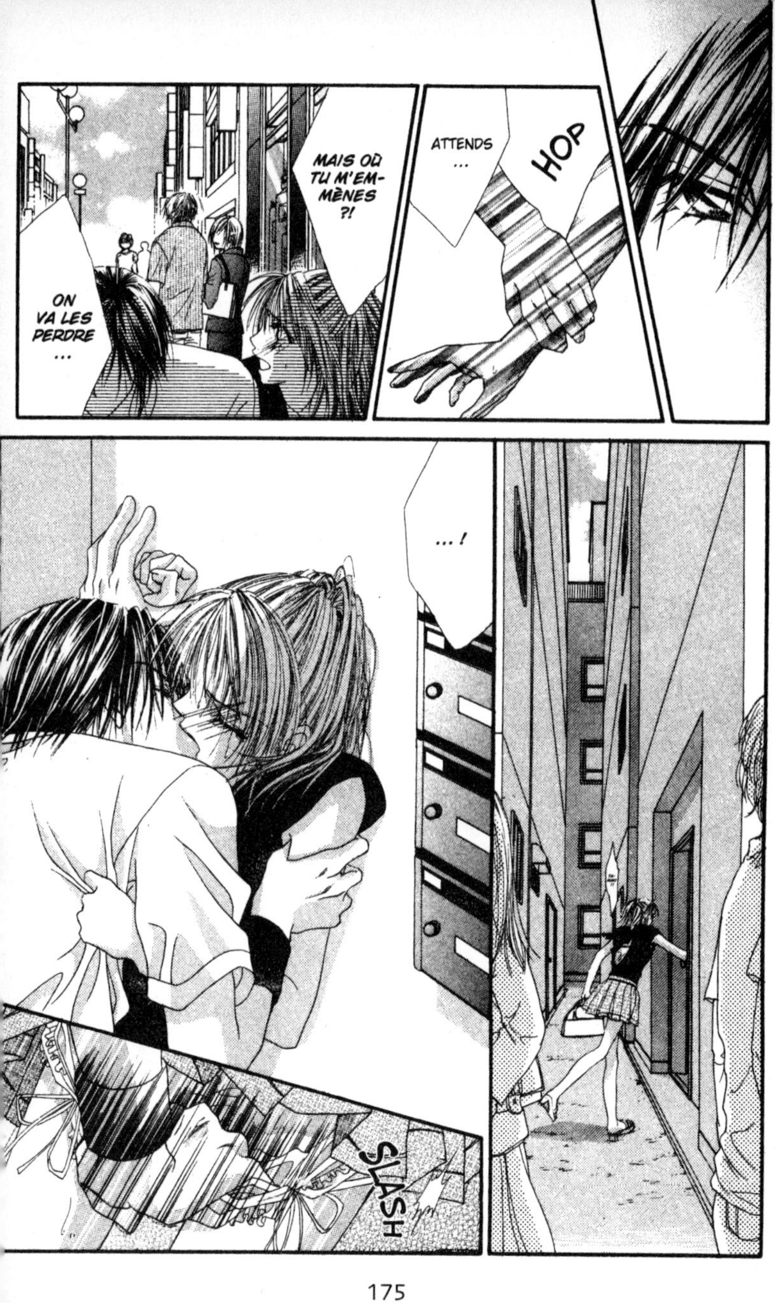
HOP
ATTENDS ...
MAIS OÙ TU M'EMMÈNES ?!
ON VA LES PERDRE ...
... !
SLASH

NON …
LÀ, JE N'AI VRAIMENT PAS ENVIE DE FAIRE ÇA…
HUM
HUM …
DWIST
TU ES ENCORE TOUTE EXCITÉE DE TOUT À L'HEURE, DONC ÇA DEVRAIT ALLER !
HMM
HMM HMM
HMM
FLOP
FLOP
AAAH

...
SERI... ALORS...
TU PEUX TE LEVER ?
BAF
DÉSOLÉ...
JE SUIS ALLÉ UN PEU TROP LOIN...

ALORS SOUS PRÉTEXTE QUE TU AS DU MAL AVEC MA SŒUR ...
TU TE MOQUES DE SAVOIR CE QUI VA LUI ARRIVER ?!
T'ES VRAIMENT TROP NUL !!
IMBÉCILE, STUPIDE... IDIOT !!
ESPÈCE D'OBSÉDÉ !!
VA-T'EN, MAINTE-NANT !
... DÉSOLÉ ...
PARDON !

EXCUSE-MOI !
... MAIS J'AIMERAIS QUE TU DISES À TA SŒUR QU'ELLE N'A PAS À S'INQUIÉTER !
TU VERRAS QUE TOUT VA BIEN SE PASSER !
POURQUOI ... ?
ME FAIRE CONFIANCE OU TOUT RACONTER À TA SŒUR ...

C'EST À TOI DE DÉCIDER !
SERI !
BAM
QUOI, QUE S'EST-IL PASSÉ ... ?
NON ...
C'EST KAITÔ QUI ...

C'EST PAS VRAI, J'AVAIS RAISON ...
TAMAKI, T'ES TROP BÊTE !
TU VOIS BIEN QUE ÇA S'EST MAL PASSÉ ...
REGARDE-MOI...
... ÇA !!
L'ANNULAIRE DE...
LA MAIN GAUCHE !

HEIN ?!
MAIS C'EST ...
IL VOULAIT VOIR LA SURPRISE SUR MON VISAGE ...
IL A DIT DES CHOSES QUI NE LUI RESSEMBLAIENT PAS...
IL EST MÊME ALLÉ JUSQU'À DEMANDER CONSEIL À L'ÉPOUSE D'UN DE SES SUPÉRIEURS QUI EST STYLISTE ...
CETTE FEMME, C'ÉTAIT DONC ÇA ...
AUJOURD'HUI, IL M'A TOUT RACONTÉ, ÇA A ÉTÉ DIFFICILE !
JE SUIS VRAIMENT CONTENTE POUR TOI !
FÉLICITATIONS !!
GRANDE SŒUR ...
ELLE A L'AIR SI HEUREUSE ...
MERCI !
J'ESPÈRE QU'UN JOUR, MOI AUSSI ...

JE SERAI DANS LA MÊME SITUATION AVEC TAMAKI ... ?!
ET VOILÀ...
UNE FOIS QU'ELLE AURA FINI SES ÉTUDES, ILS SE MARIERONT !
HOTEL M-SIDE
ALORS, TU AS BIEN VU QUE J'AVAIS RAISON ?!
C'EST VRAI !
MAIS COMMENT TU AS DEVINÉ ?
HEIN ?
SES VÊTEMENTS, SES AFFAIRES ...
LES SALUTATIONS QUAND ILS SE SONT RENCONTRÉS ...
TOUT ÇA AVAIT L'AIR TRÈS PROFESSIONNEL !

C'ÉTAIT DONC ÇA...
TU ES VRAIMENT TROP FORT !
MAIS POURQUOI NE M'AS-TU PAS TOUT EXPLIQUÉ TOUT DE SUITE ?
AH..
TOUT SIMPLEMENT PARCE QUE TU AURAIS PU FAIRE UNE GAFFE ...
!
NGG
SSSHHH
ET TU AURAIS PU FAIRE ÉCHOUER LE PLAN DE SON PETIT AMI !!

HUM... C'EST VRAI QUE...
SSSHH SSSHH
COMME QUOI, JE NE SUIS PAS AUSSI DOUÉE QUE TOI...
... MAIS...
CRRSH
C'EST QUOI ?
TA... TAMAKI ?
CHRRSH
BIEN...
CES DERNIERS TEMPS, TU N'AS PAS ÉTÉ VRAIMENT TRÈS GENTILLE AVEC MOI ... !
"T'ES VRAIMENT TROP NUL !! IMBÉCILE, STUPIDE... IDIOT !! ESPÈCE D'OBSÉDÉ !!"
...
QU'EST-CE QUE TU M'AS DIT DÉJÀ ♥... ?
HEIN ?
EUH...
ALORS ...
JE VAIS TE FAIRE RETROUVER LA MÉMOIRE ...
HOP

AVEC MA THÉRAPIE DE CHOC !
FLOP
... !!
FLOP
... HAN ...
HA... HA...
FLOP
DÈS QUE LA MÉMOIRE TE REVIENT, DIS-LE MOI !
JE... VIENS... DE M'EN... SOUVE-NIR...
FLOP
HA...
C'ÉTAIT QUOI ALORS ?
FLOP
T'ES TROP... NUL...
FLOP
HAN ...

SLURPS
TROP NUL ?
C'EST QUOI ÇA ?
AAH ...
AAH ...
SLURPS
ZUT ! JE DOIS Y ALLER PLUS FORT SINON ...
DWIST
DWIST
AAH ...
AAH ...
DWIST
FFF

QUAND CE SERA À MON TOUR DE TE SURPRENDRE ...
TU VERRAS QUE JE FERAI ÇA BEAUCOUP MIEUX !!
COMPTE SUR MOI !
... KI
TAMAKI ...

TAMAKI, LÈVE-TOI !
TAP TAP
HEIN ?
DÉPÊCHE-TOI DE TE PRÉPARER !
SINON, ILS VONT NOUS FAIRE PAYER UN SUPPLÉMENT !
AH BON ...
C'EST PAS GRAVE !
TAP TAP
HEIN ?!
ON JOUE LES PROLONGATIONS !
NON ...
ATTENDS ... !!

FIN

ATTENTION

VOUS ÊTES À LA DERNIÈRE PAGE. POUR LIRE LE DÉBUT DE L'HISTOIRE, RETOURNEZ LE LIVRE.

Imprimé en France par Aubin - Imprimeur